Das Buch
und die Autorin

Zwei Männer allein für mich: Mit dieser pikanten Überraschung wollte Steffen mir den Mallorca-Urlaub versüßen – was ihm auch gelang. Doch dieser zweite Mann hatte ein kleines Geheimnis. Und das sollte noch ganz andere erotische Abenteuer auslösen – Erlebnisse, an denen nicht nur wir drei beteiligt waren.

Kirsten Steiner, Jahrgang 1984, studierte Literatur und Geschichte. Seit Jahren ist sie gemeinsam mit ihrem Mann in der Welt der Swinger unterwegs. Einige ihrer Erlebnisse hat sie zu der Serie „Aus meinem Swinger-Tagebuch" verarbeitet, in der sie diese besondere Form der Erotik beschreibt, die sich nicht allein auf zwei Menschen beschränkt.

Kirsten Steiner

Mallorquinischer Seitensprung

Aus meinem Swinger-Tagebuch

Bibliografische Information der Deutschen
Nationalbibliothek: Die Deutsche Nationalbibliothek
verzeichnet diese Publikation in der Deutschen
Nationalbibliografie, detaillierte bibliografische
Daten sind im Internet über
http://dnb.dnb.de abrufbar.

© 2016 Kirsten Steiner
Herstellung und Verlag:
BoD – Books on Demand, Norderstedt

ISBN: 9783741224867

Unser Mallorca-Urlaub:

Sonnenbrille und Minirock: Flirt an der Strandpromenade	10
Kopfkino und kalter Kaffee: Das Frühstück davor	18
Kuchen, Sekt und Sex: Zwei Männer für mich	21
Felsen, Strand und Blicke: Da ist was im Busch	37
Begegnung im Swingerclub: Ein Wiedersehen, das nervös macht	59
Alte Mauern, junge Frauen, heiße Fotos: Wandertag zu viert	101
Sechs Hände und ein Zuschauer: Der Strand von Es Trenc	132
Paella und getrennte Betten: 90 Quadratmeter Spanien	139
Unerwarteter Abschied: Die Nase einer Frau	157

Mallorca, April 2015

So richtig nach sonniger Mittelmeerinsel fühlte sich das ja nicht an. Als wir an diesem Donnerstag den Flughafen von Palma verließen, war es zwar nicht kalt, aber die Sonne ließ sich hinter der dichten Wolkendecke kaum blicken. Immerhin waren die Temperaturen deutlich höher als bei unserem Abflug in Hannover. Und das Wettergerücht versprach für die kommenden Tage Frühlingswetter bei strahlendem Sonnenschein, wie Steffen während unserer Fahrt zur Ferienwohnung mehrfach verkündete. Nun, dachte ich, man wird sehen.

Auf jeden Fall freute ich mich auf diese zwei Wochen, mit denen wir auch ein Jubiläum feiern wollten: Seit zehn Jahren waren wir ein Paar, und der Jahrestag würde in diesen Urlaub fallen. Ich dachte lächelnd an die Zeit zurück, als wir uns bei dieser Party an der Uni kennengelernt hatten. Gerade mal 21 Jahre alt war ich damals gewesen. Was hatte sich doch alles verändert seither: das Studium, die Beziehung mit Steffen, die Entdeckung des Swingens, die gemeinsame Wohnung, unsere Hochzeit, das Examen, der Job, der sich als ziemlich anspruchsvoll erweisen sollte.

Vor allem die letzte Zeit vor unserem Urlaub war ziemlich stressig gewesen, so dass wir beide sehnlichst dem Tag des Abflugs entgegenfieberten. Selbst meine latente Flugangst war unwichtig geworden, als wir endlich aufbrachen. Zwei Wochen Auszeit, zwei Wochen Entspannung, zwei Wochen lesen, wandern, kochen und essen gehen, Sightseeing, zwei Wochen nur mein Liebster und ich.

Dachte ich jedenfalls. Als wir allerdings am ersten Abend auf der Insel in einem Restaurant bei Rotwein und gebackenem Fisch so allmählich auch innerlich auf Mallorca ankamen, eröffnete mir Steffen, dass er eine Überraschung für mich habe.

„Eine Überraschung? Was für eine Überraschung?", fragte ich ganz harmlos – obwohl ich es mir vielleicht hätte denken können, in welche Richtung das gehen würde.

„Die Überraschung heißt Maik", entgegnete mein Liebster schmunzelnd.

„Ach", sagte ich. „Maik und?"

„Nicht und. Nur Maik. Er hat ein Solo-Profil bei *Joyclub*, wohnt hier auf den Insel und ich habe uns morgen Nachmittag mit ihm auf einen Kaffee verabredet."

In der Tat: Ich war überrascht. Nicht, dass Steffen ein Date in einem Swingerportal gemacht hatte (darauf musste man bei ihm immer gefasst sein), sondern dass er eine Verabredung mit einem einzelnen Mann getroffen hatte – statt wie sonst mit einem Pärchen.

„Kein passenden Paar auf der Insel?", fragte ich ihn.

„Oh doch, einige sogar. Ich muss auch gestehen, dass ich etwas geschwankt habe."

„Und wie kommt es, dass du freiwillig auf fremde Haut verzichtest?"

„Wer sagt denn, dass ich das tue?", lächelte er verschmitzt.

„Was heißt das nun wieder? Hast du eine Neigung zum eigenen Geschlecht entdeckt?"

„Nein, ganz sicher nicht. Aber es gibt auch auf Mallorca einen Swingerclub, der ganz interessant aussieht. Ich habe gedacht, dass wir uns den auch anschauen könnten. Vielleicht gegen Ende des Urlaubs."

„Ah, und Maik ist die Vorspeise?"

„Wenn du möchtest, kannst du es gern so ausdrücken. Maik ist vor allem ein Mann, der sehr genau in dein Beuteschema passt. Und da ich weiß, wie sehr du es genießt, wenn du mal vier Männerhände exklusiv für dich hast, wollte ich dir das gern schenken."

„Wie würdest du denn mein Beuteschema beschreiben?", fragte ich ihn neugierig.

„Na, eine ziemlich präzise Kopie von mir, was denn sonst?", lachte er.

„Ach komm, sag schon. Wie siehst du mein Beuteschema? Jetzt möchte ich das wissen."

„Ich kenn doch den Typ Mann, auf den du stehst: Groß, sportlich, muskulös, aber nicht übertrieben, Dreitagebart, kurze schwarze Haare."

„Ah, das ist also mein Beuteschema?"

„Würde ich so sehen."

Ich ging einen Moment in mich. Ganz unrecht hatte Steffen ja nicht. Sollte das eine Beschreibung für diesen Maik sein, so könnte das tatsächlich ein spannendes Treffen werden.

„Etwas hast du aber vergessen", sagte ich.

„Nämlich?"

„Esprit und Charme. Ohne das geht gar nichts."

„Tja, ob er da deinen Vorstellungen entspricht, musst du natürlich selbst herausfinden. Seine Mails klangen zumindest nicht nach einem Dummkopf."

Also doch nicht nur zwei Wochen Zweisamkeit, dachte ich, während Steffen nach dem Essen Cafe con leche bestellte. Ich musste mir eingestehen, dass ich neugierig wurde auf den fremden Mann. Und ich spürte, wie in mir Vorfreude aufkam.

Sonnenbrille und Minirock: Flirt an der Strandpromenade

Steffen hatte recht gehabt. Maik entsprach tatsächlich sehr genau meinem Beuteschema. Als wir uns am nächsten Tag bei strahlender Nachmittagssonne vor einer Bar an der Strandpromenade von Port Andratx trafen, fiel mir als erstes auf, dass der Mann recht groß war – noch ein bisschen größer als mein Liebster, den man mit seinen 1,86 Meter ja auch nicht gerade als klein bezeichnen konnte. Zudem entsprach Maik genau dem Typ Mann, für den ich schon immer eine Schwäche hatte: Was da auf mich zukam, war ein offensichtlich gut trainierter Sportler. Allerdings war er nicht ein muskelbepackter Bodybuilder, sondern eher der Typ Langstreckenläufer, der aber keinesfalls zur Magersucht neigte. Im Gegenteil: Seine Figur war eine appetitliche Mischung aus sportlich-schlank und muskulös-durchtrainiert. Neben seinen langen Beinen waren es seine breiten Schultern, die mir sofort ins Auge fielen. Wobei ich beim Näherkommen immer mehr sein kantiges Gesicht fixierte, das er hinter einer Sonnenbrille versteckt hatte, in deren verspiegelten Gläsern ich mich schließlich selbst erkennen konnte. Steffen war bei der Planung seiner Überraschung sehr sorgfältig gewesen: Er wusste tatsächlich, welchen Typ Mann ich bevorzugte. Und wie er das wusste! Würde ich zu diesem Fremden Nein sagen können, falls das erste Date einen angenehmen Verlauf nehmen sollte? Wirst du nicht, flüsterte die Erotikfee in mir. Und die hatte meistens recht.

Zu meiner Überraschung nahm Maik mich zur Begrüßung sofort in den Arm – gerade so, als wären wir alte Bekannte, was wir ja nun wirklich nicht waren. Aber ich fand das keineswegs unangenehm und erwiderte seine Umarmung, wenn auch nur leicht.

„Schön, dass es mit unserem Treffen so unkompliziert geklappt hat", sagte er mit einem offenen Lächeln und setzte erfreulicherweise seine Sonnenbrille ab, so dass ich endlich seine dunkelbraunen Augen sehen konnte. Die passten ausgesprochen gut zu seinen kurzen, schwarzen Haaren, stellte ich fest. Überhaupt war dieser Mann eine recht harmonische Erscheinung, dachte ich. Harmonische Erscheinung? Das ist ja wohl die Untertreibung des Monats, stellte meine Erotikfee fest.

„Steffen hat mich mit diesem Date ganz schön überrascht", entgegnete ich, während ich mich setzte und meinen kurzen Jeansrock glattstrich, um nicht zu viel Bein zu zeigen – was mir allerdings nicht wirklich gelang.

„Ich weiß", sagte er nur und schaute mich direkt an. Ich erwiderte seinen Blick und hatte plötzlich das Gefühl, er eröffne ein Spiel, wer dem Blick des Anderen länger standhalten konnte. Eine Ewigkeit von mehreren Sekunden sah ich in seine Augen, von denen ich den Eindruck hatte, sie wollten meine Gedanken lesen.

Schließlich gewann ich das kleine Spiel – wenn auch mithilfe des Kellners, der im nächsten Moment an unseren Tisch trat und Maiks Aufmerksamkeit auf sich zog. Sieh einer an, dachte ich schmunzelnd. So leicht ließ er sich also ablenken von mir. Hoffentlich galt das nur für diese Situation, in der er mit seinen Sprachkenntnissen gefordert war.

Maik bestellte einen schwarzen Kaffee für sich und Milchkaffee für Steffen und mich. Während wir kurz darauf in unseren Tassen rührten (obgleich niemand von uns Zucker genommen hatte), sprachen wir viel über Belanglosigkeiten wie das Wetter und die riesige deutsche Gemeinde auf Mallorca. Immerhin war es ganz interessant mit jemandem über die Insel zu sprechen, der seine Zelte in Deutschland abgebrochen und sich hier eine neue Existenz aufgebaut hatte.

„Macht ihr öfter solche Dates?", fragte Maik schließlich.

„Hin und wieder kommt das schon vor", entgegnete Steffen.

„Aber normalerweise mit Paaren", ergänzte ich.

„Und wie kommt es, dass ihr diesmal einen Mann erwählt habt?"

Ich blickte Steffen von der Seite an und war gespannt auf die Antwort. Immerhin hatte ich ihm am Abend zuvor die gleiche Frage gestellt.

„Weil Kirsten auch gern mal allein im Mittelpunkt steht", erwiderte Steffen.

Maik schaute mich durchdringend an und ich hob mit dem unschuldigsten Lächeln der Welt die Schultern. Natürlich konnte ich Steffen an dieser Stelle keineswegs widersprechen. Das Gefühl, zwei Männer allein für mich zu haben, war schon etwas Besonderes. Und ich fand, es war schon eine charmante Idee von meinem Liebsten, so etwas als Überraschung für mich einzufädeln.

„Und du?", fragte ich Maik. „Machst du so etwas öfter?"

„Nein, eigentlich eher selten."

„Aber du hast ein Profil bei *Joyclub*."

„Ja, schon. Aber als einzelner Mann wird man da nicht so leicht fündig. Umso mehr habe ich mich natürlich gefreut, dass dein Mann mich angeschrieben hat."

„Und gibt es keine Frau auf der Insel, die deine Swinger-Leidenschaft teilt?", setzte ich nach.

Maik legte die Stirn in Falten, holte tief Luft und sagte schließlich: „Eine Frau gibt es schon. Aber mit dem Teilen dieser Leidenschaft ist das so eine Sache."

„Bist du verheiratet?", fragte ich ihn und hatte die Eingebung, dass die Antwort nur Ja sein konnte. Sein Blick, der plötzlich seine charmante Lockerheit verlor und irgendwo jenseits meines Kopfes einen Halt zu suchen schien, sprach Bände.

„Ja", sagte er schließlich nach kurzem Zögern. „Ich bin verheiratet."

„Und weiß deine Frau von deinem Internet-Profil oder diesem Date?"

„Nein, und das darf sie auch nicht wissen. Beides nicht."

„Wir sind für dich also ein Seitensprung-Date", hakte ich nach, obwohl ich spürte, dass die Richtung des Gesprächs für Maik zunehmend unangenehm wurde. Die harmonische Erscheinung geriet ein wenig durcheinander.

„Wenn du es so ausdrücken möchtest, dann ist das wohl so", erwiderte er. Und nach einer kurzen Pause fügt er vorsichtig hinzu: „Schlimm?"

Nun zögerte ich einen Moment mit der Antwort und war froh, dass auch Steffen ein paar Sekunden Stille hielt.

„Nein, nicht schlimm", sagte ich schließlich, obgleich ich nicht so recht wusste, ob mir die ganze Sache nun noch gefiel. „Das musst du mit dir selbst ausmachen. Jeder hat seine Gründe für das, was er tut. Wir sitzen nicht hier, um irgendwelche Urteile zu fällen. Aber ich finds schön, dass du uns da nichts vormachst, sondern offen und ehrlich sagst, wie der Stand der Dinge ist."

Ich spürte, wie Maik innerlich durchatmete. Möglicherweise hatte er bereits befürchtet, sich mit seinem Fremdgänger-Geständnis ins Aus geschossen zu haben. Aber so eng sah ich die Dinge ja schließlich auch nicht. Es gab viele Männer (und auch so einige Frauen), die vom Swingen träumten und in dieser Hinsicht mit dem falschen Partner zusammen waren. Wenn jemand dann für sich die Entscheidung fällte, seine Leidenschaft allein auszuleben, so war das seine Sache (auch wenn ich das mit einem Gefühl von weiblicher Solidarität vielleicht nicht so richtig toll fand). Steffen und ich hatten in unserer Zeit als Swinger schon so manche Konstellation erlebt – und diese war keineswegs die Ungewöhnlichste. Dass ich Maik so direkt gefragt hatte, lag einfach daran, dass ich gern wusste, woran ich war.

Unser Gespräch entspannte sich wieder, es blieb nicht bei einem Kaffee, irgendwann hatte ich ein Glas Aperol Spritz in der Hand und auch die Männer wechselten zu alkoholhaltigen Getränken. Am Ende saßen wir mehr als drei Stunden vor der Bar in der warmen Aprilsonne. Je länger wir uns unterhielten, umso wärmer wurde ich mit der Situation – und mit dem fremden Mann, der da bei uns am Tisch saß. Ich registrierte durchaus, dass er immer wieder auf meine Beine schielte, vor allem, wenn ich mich zwischendurch mal anders setzte und er dabei vielleicht einen kurzen Blick unter meinen Rock erhaschen konnte. In dieser Hinsicht war Maik wie jeder andere Mann. Doch er schaute nicht aufdringlich, sondern eher dezent, gleichsam zufällig. Das gefiel mir. Dabei war mir natürlich klar, dass sein Blick auf meine Beine keineswegs Zufall war – was ich durchaus als Kompliment auffasste. So hörte ich irgendwann auch auf, beim Wechsel der Sitzposition meinen Rock sorgfältig nach unten zu ziehen.

Ich hatte vor dem Treffen erwogen, den Slip wegzulassen, wie ich das schon mehrfach bei Swinger-Dates getan hatte. Schließlich hatte ich mich aber dagegen entschieden, denn der Rock, den ich trug, war doch sehr kurz. Dafür hatte ich aber auf den BH unter der Bluse verzichtet. Meine Brüste waren nicht klein, aber auch nicht riesig, so dass ich das gut machen konnte. Da Steffen mir immer wieder versicherte, wie schön mein Busen doch sei, spielte ich in solchen Situationen ganz gern damit, mein männliches Gegenüber ein wenig zu reizen – was mir bei Maik augenscheinlich gelang. Seine Blicke fielen nicht nur auf meine Beine, sondern auch immer wieder auf meine Bluse, die nicht eben allzu weit geschnitten war. Zudem hatte ich die Knöpfe nur so weit geschlossen, wie es unbedingt sein musste. Maik konnte mir somit recht gut ins Dekolletee schauen, was er durchaus auch tat. Dass sich unter dem Stoff auch meine Nupsis ganz leicht abzeichneten, bemerkte ich in diesem Moment selbst gar nicht. Aber Steffen sagte mir später, dass vor allem das ziemlich provokativ ausgesehen habe.

Doch auch meine Blicke wanderten immer wieder zu diesem fremden Mann. Mit seinen breiten Schultern, dem kantigen Gesicht, seinen kurzen, schwarzen Haaren und dem charmanten Lächeln war er genau mein Typ. Außerdem war er offensichtlich kein

Dummkopf; da hatte Steffen schon recht. Das Gespräch mit ihm war anregend, er wusste sich auszudrücken, war mir zugewandt und brachte mich immer wieder zum Lachen. Dass er mit seinen 42 Jahren elf Jahre älter war als ich, störte mich keineswegs. Steffen hat ihn gut für dich ausgesucht, flüsterte die Erotikfee in mir. Ich konnte ihr nicht widersprechen.

Außerdem hatte Maik schöne Hände, wie mir mehrfach auffiel – vor allem, wenn er mit einer eleganten Bewegung zu seinem Weinglas griff. Als er mir während des Trinkens über den Rand des Glases in die Augen sah, fragte ich mich, wie sich seine Hände wohl auf meiner Haut anfühlen würden. Seine Blicke jedenfalls fühlten sich schon mal gut an. Vor meinem geistigen Auge sah ich ihn und mich plötzlich nackt in leidenschaftlicher Umarmung, während seine Hände meine Pobacken massierten. Und im nächsten Augenblick ertappte ich mich dabei, wie ich meine Beine ganz undamenhaft ein klein wenig öffnete und zugleich meine Sitzhaltung so veränderte, dass mein Rock noch etwas höher rutschte. Jetzt sieht er deinen Slip, raunzte die Mahnerin in mir. Ja, ganz genau, bestätigte auch meine Erotikfee. Er sieht deinen Slip. Und wenn du ihn weggelassen hättest, würde er noch mehr sehen. Der Gedanke gefiel mir, ich lächelte Maik an, griff zu meinem Glas und registrierte zufrieden seine aufmerksamen Blicke. In diesem Augenblick war ich mir sicher, dass in seinem Kopfkino ein ganz ähnliches Programm lief wie in meinem.

Als wir uns verabschiedeten, nahm er mich wieder in den Arm. Nur dauerte diese Umarmung deutlich länger als jene zur Begrüßung. Ich ließ es nicht nur geschehen, sondern schmiegte mich eng an ihn. Wie sich das wohl anfühlen würde, wenn wir beide nackt wären, schoss es mir erneut durch den Kopf. Ich lächelte ihn an, gab ihm einen flüchtigen Kuss auf die Wange und war mir sicher, dass ich es herausfinden würde.

Kopfkino und kalter Kaffee: Das Frühstück davor

Im Grunde war es gar keine Frage, ob wir uns wiedersehen würden. Als Steffen und ich am nächsten Morgen in der Sonne vor dem großen Wohnzimmerfenster beim Frühstück saßen, kam Maiks SMS:

> *Guten Morgen ihr zwei, ich hoffe ihr habt gut geschlafen und habt einen schönen Tag vor euch. Mir hat unser kleines Date gestern sehr gefallen. Und wenn ihr Lust habt, würde ich mich über eine Einladung in eure Ferienwohnung freuen. Grüße an euch, Umarmung für Kirsten, Maik*

Ein Lächeln huschte über mein Gesicht, als Steffen mir die SMS zeigte.

„Und?", fragte mein Liebster. „Haben wir Lust?"

„Das weißt du ganz genau", entgegnete ich versonnen. „Natürlich haben wir."

„Auf was genau?", setzte er nach.

Ich wusste, dass nun Steffens Kopfkino anlief, und auch ich hatte große Lust auf ein kleines Phantasiespiel. Dass wir beide in diesem Moment nur Slip und T-Shirt trugen, verstärkte die aufkommende erotische Spannung zwischen uns. So ließ ich meinen Gedanken freien Lauf.

„Lust auf einen sportlichen, männlichen Körper."

„Auf einen?"

„Es dürfen auch zwei sein. Und vier Hände, die über meine Haut wandern."

„Was tun denn diese Hände?"

„Sie streicheln mich."

„Wo?"

„Überall. Am Hals, im Nacken, an den Armen, an den Brüsten, den Beinen."

„Auch zwischen den Beinen?"

„Da ganz besonders."

„Genau da?", fragte Steffen zurück, während er eine Hand auf meinen nackten Oberschenkel legte und zu meiner Muschi gleiten ließ.

„Ja", sagte ich leise und schloss die Augen. „Genau da."

Er kniete sich vor meinen Stuhl, der glücklicherweise so bequem war, dass ich mich darin etwas zurücklehnen konnte. Mein Liebster zog mir den Slip aus, und ich öffnete ihm bereitwillig die Beine. Sehr bereitwillig! Als er mich zu lecken begann, stellte ich mir vor, dass es Maiks Zunge wäre, die mich da zwischen meinen Schamlippen liebkoste.

„Würdest du jetzt lieber Maiks Zunge spüren?", fragte Steffen – gerade so, als könne er meine Gedanken lesen. Aber das brauchte er gar nicht. Er kannte mich einfach gut.

„Ich würde am liebsten euch beide spüren", entgegnete ich leise. Und das entsprach absolut der Wahrheit.

„Damit kann ich nicht dienen. Noch nicht."

Aber bald, dachte ich und genoss es, dass Steffen mich weiter liebkoste und kurz darauf in mich eindrang. Er nahm mich in derselben Stellung, in der er mich geleckt hatte. Ich blieb einfach sitzen und genoss seine Stöße in mir. Sein Schwanz war hart, und nichts deutete darauf hin, dass es gerade mal eine Stunde her war, seit wir im Bett miteinander geschlafen hatten. Wenn Steffen erregt genug war, dann brauchte er keine langen Pausen. Mein Mann war ein wunderbarer Liebhaber. Nur, dass er jetzt in mich hineinspritzte bevor es mir gekommen war, fand ich schade. Aber wie fast immer in solchen Situationen, sorgte er danach auch noch für mich und brachte mich mit seiner Zunge und seinen Fingern ebenfalls zum Höhepunkt.

„Das ging aber schnell", konnte ich mir nicht verkneifen zu sagen, als sich Steffen kurz darauf wieder in seinen Stuhl setzte.

„Viel länger hätte ich das auch nicht ausgehalten", entgegnete er mit einem leicht schiefen Grinsen und rieb sich die Knie. Erst jetzt fiel mir auf, wie unbequem das für ihn auf dem harten Steinfußboden gewesen sein musste. Ich gab ihm einen langen und zärtlichen Kuss und machte mich dann wieder über meinen Milchkaffee her, der allerdings nicht mehr sonderlich heiß war.

Kuchen, Sekt und Sex: Zwei Männer für mich

Als Maik am Montag zu uns in die Ferienwohnung kam, war es erst Nachmittag. Eigentlich eine recht ungewöhnliche Zeit für ein erotisches Date, dachte ich, während wir uns zur Begrüßung umarmten. Normalerweise trafen wir uns mit anderen Paaren eher am Abend – zumindest dann, wenn die Möglichkeit im Raum stand, dass es nicht nur ein Kennenlern-Treffen werden sollte. Aber Maik hatte darum gebeten, sich zu dieser Uhrzeit zu treffen. Das war wohl ein Zugeständnis an seine besondere Situation, in der er ein solch heimliches Treffen irgendwie in seinen Tagesablauf einbauen musste.

Wir setzten uns an den kleinen, runden Tisch vor dem Wohnzimmerfenster, tranken Kaffee und aßen den Kuchen, den er mitgebracht hatte. Es dauerte nicht lange, und Steffen stellte auch eine Sektflasche sowie drei Gläser dazu. Wir wurden sehr schnell wieder warm miteinander, was keineswegs allein am

Alkohol lag. Wie bei unserem Date zwei Tage zuvor registrierte ich Maiks begehrliche Blicke. Ich hatte diesmal nicht Rock und Bluse angezogen, sondern ein kurzes, leichtes Strandkleid. Darunter trug ich nichts. Dass da kein BH unter dem ausgeschnittenen Kleid war, konnte man nicht übersehen. Aber würde Maik auch bemerken, dass ich heute keinen Slip trug?

Ich beschloss, mit der Situation zu spielen, legte das rechte über das linke Bein und dann wieder das linke über das rechte. Bei diesem mehrfachen Wechsel achtete ich darauf, dass Maik einen Blick erhaschen konnte, wenn er denn wollte. Natürlich wollte er. Und ich war mir nach einer Weile sicher, dass er (wenn vielleicht auch immer nur ganz kurz) meine Muschi gesehen haben musste, die ich am Morgen unter der Dusche frisch rasiert hatte.

Aber noch unternahm er keinen Annäherungsversuch. Offenbar war er unsicher, ob er trotz meiner deutlichen Signale wohl die Initiative ergreifen durfte oder nicht. Immerhin war die Situation doch eine andere, als wenn man sich zu zweit treffen würde. Auch Steffen hielt sich eine ganze Weile zurück, so dass ich schließlich beschloss, die Sache selbst anzustoßen.

„Möchten mich die Herren denn jetzt mal ins Schlafzimmer begleiten?", fragte ich, stand auf und reichte beiden eine Hand.

Sie zögerten keine Sekunde, standen ebenfalls auf und ließen sich von mir in den hinteren Teil der offenen Wohnung führen, wo sich das große Doppelbett befand. Dort angekommen umarmte ich Maik und küsste ihn. Unsere Zungen spielten miteinander und wir drückten uns eng aneinander. Ich spürte, dass er bereits eine Erektion hatte. Entweder hatten ihn die Blicke unter mein Kleid erregt oder meine Einladung ins Schlafzimmer. Aber ganz gleich, woran es lag: Er war bereit, ebenso bereit wie ich.

Auch Steffen drückte sich von hinten eng an mich, so dass ich nun zwei steife Schwänze durch den dünnen Stoff meines Kleides spürte – einen im Schritt, einen am Po. Während ich mit einer Hand Maiks Nacken kraulte, griff ich mit der anderen nach hinten, um auch meinen Liebsten anzufassen.

Als Maiks Lippen sich wieder von meinen lösten, drehte ich mich um und küsste Steffen mit der gleichen Hingabe wie zuvor Maik. Während ich mich eng an ihn drückte, spürte ich nun den anderen Mann in meinem Rücken – und seinen steifen Schwanz an meinem Po. Schließlich begann Steffen, mein Kleid nach oben zu schieben, und Maik half ihm dabei. Gemeinsam streiften sie es mir über den Kopf, so dass ich im nächsten Augenblick nackt zwischen den beiden angezogenen Männern stand. Zufrieden registrierte ich, wie Maiks größer werdende Augen mich betrachteten. Ich öffnete die Knöpfe an seinem Hemd, ganz langsam, einen nach dem anderen, er half mir dabei und zog es schließlich aus. Ich ließ meine Finger sanft über seinen glatten, muskulösen Oberkörper streichen, während auch seine Hände über meine nackte Haut wanderten – zunächst über die Schultern, dann aber auch rasch über die Brüste, wo sie etwas länger verweilten und schließlich zwei steife Brustwarzen zurückließen.

Doch unser gegenseitiges Streicheln dauerte nicht allzu lange. Währen Steffen sich selbst auszog, setzte ich mich auf den Bettrand vor Maik und öffnete seine Hose. Er ließ sie zu Boden rutschen, stieg heraus und ich legte meine Hände auf die deutliche Beule in seinem Slip, der in diesem Augenblick wohl eher zu klein war. Ich massierte sein steifes Teil durch den Stoff hindurch, gab ihm einen Kuss auf den Slip und zog ihn schließlich nach unten. Sein steifer Schwanz schnellte hervor und ich nahm ihn in die Hand – während ich mit der anderen Hand nach meinem Mann griff.

Maik war erfreulicherweise ebenso glatt rasiert wie Steffen. Es sah erregend aus, wie sein Penis so steif und steil nur wenige Zentimeter vor meinen Augen in die Luft ragte, während ich zärtlich seine Eier streichelte und in der anderen Hand einen weiteren Schwanz hielt.

Die beiden Männer blieben erwartungsvoll vor mir stehen und schauten auf mich herunter. Ich bekam Lust, sie zu blasen – beide. Und ich vermutete, dass sie gespannt darauf waren, wen von beiden ich als erstes liebkosen würde. Ich gab Maik einen kurzen Kuss auf die Eichel, tat das gleiche mit Steffen, kehrte aber umgehend zu Maik zurück, leckte sanft an dessen steifem Teil und nahm seinen Schwanz schließlich in den Mund. Dabei hielt ich mit der anderen Hand noch immer Steffen fest umschlossen. Maik genoss mein Blasen sichtlich. Dennoch ließ ich ihn wieder aus meinem Mund herausgleiten und wechselte zu meinem Liebsten. Als ich seinen Schwanz in den Mund nahm, fiel mir wieder einmal auf, wie groß er war. Größer als der des anderen Mannes. Das war bei unseren Swinger-Abenteuern meist der Fall, wenn auch nicht immer.

Trotzdem reizte mich in diesem Augenblick Maik weitaus stärker. Ganz einfach deshalb, weil er der andere Mann war. Da war der fremde Schwanz – die fremde Haut, die das Prickeln verursachte, welche das Swingen so unglaublich reizvoll machte. Als ich wieder zu unserem Gast wechselte, blies ich ihn länger als beim ersten Mal. Dann wechselte ich erneut zu Steffen und wieder zurück zu Maik.

Schließlich aber wollte ich mehr von den beiden als nur ihre Schwänze in meinen Händen und in meinem Mund. Immerhin hatte ich ja das Versprechen erhalten, von zwei Männern verwöhnt zu werden – und nicht umgekehrt. Ich krabbelte ganz auf das Bett, legte mich auf den Bauch, wackelte mit dem Po und wartete ab, was die beiden damit anfangen würden. Sofort waren ihre Hände auf mir. Ich spürte ein Streicheln an den Beinen, das sich langsam aufwärts bewegte und ein anderes Streicheln an den Armen und auf dem Rücken, das sich langsam abwärts bewegte. Auf meinem Po trafen sich die vier Hände – gerade so, als hätten sie sich dort verabredet. Jeder von ihnen massierte eine meiner Pobacken mit beiden Händen. Ich schloss die Augen und genoss das Gefühl, vier männliche Hände exklusiv für mich zu haben. Als sich eine Hand zwischen meine Oberschenkel schob, konnte ich nur raten, wem sie gehörte. Ich hatte zwar die Vermutung, dass es Maik war, doch war ich mir irgendwann gar nicht mehr so sicher, wer da eigentlich wo war. Doch ich öffnete bereitwillig meine Beine für diese Finger, die die Einladung gern annahmen und meine Muschi streichelten. Erst als dieser Hand ein Kopf folgte, wusste ich, dass das Maik sein musste. Denn während Steffen wie oftmals seinen Dreitagebart hatte, war Maik auch im Gesicht glatt rasiert. Er öffnete mit seinen Händen meine Beine noch etwas weiter, und im nächsten Augenblick spürte ich seine Zunge an meiner Muschi. Ich drückte ihm den Po ein wenig entgegen, um ihm die Sache in dieser Position etwas zu erleichtern. Während er mich leckte, spürte ich Steffens Küsse im Nacken und an meinen Ohrläppchen. Ein wohliges Schaudern durchzog meinen ganzen Körper.

„Geht's dir gut?", hörte ich die leise Stimme meines Liebsten an meinem Ohr.

Statt einer Antwort gab ich ein wohliges Schnurren von mir und rekelte mich ein wenig. Schließlich tat ich das, worauf die beiden vermutlich schon gewartet hatten: Ich drehte mich um und legte mich auf den Rücken. Doch statt mich weiter zu lecken, krabbelte Maik nun neben mich, streichelte meine Brüste und begann, eine der Brustwarzen zu lecken – während Steffen auf der anderen Seite das gleiche mit mir tat. Beide Nippel wurden hart, und ich genoss die Liebkosungen, die die Männer mir schenkten. Erfreulicherweise hielten sie sich recht lange an meiner Oberweite auf. Sie revanchierten sich hingebungsvoll für mein

Blasen am Bettrand. Ich streckte meine Arme aus, und fasste beide an.

Schließlich wanderte Maik mit seinen Lippen zu meinem Bauch und dann darüber hinweg in meinen Schoß. Erneut öffnete ich die Beine für ihn und er nahm sein Lecken wieder auf – nun in einer für ihn wohl deutlich bequemeren Position. Während ich seine Zunge zwischen meinen Schamlippen spürte, tastete sich Steffens Mund zu meinen Lippen. Er küsste mich, erst zärtlich, dann gierig. Ich erwiderte den Kuss mit ebenso viel Verlangen und nahm dabei seinen Kopf in die Hände.

„Gib mir deinen Schwanz", flüsterte ich ihm zu.

Ohne Zögern hockte er sich neben meinen Kopf und steckte mir sein steifes Teil in den Mund. Ich saugte lange daran, wurde dabei immer heftiger und intensiver, weil Maik mich währenddessen einem Höhepunkt entgegenleckte. Als es mir kam, entließ ich Steffens Schwanz aus meinem Mund und schrie meinen Orgasmus heraus.

Maik wollte weiterlecken, aber ich hielt seinen Kopf fest und wehrte ihn damit ab. Wenigstens einen Augenblick Pause brauchte ich, bis die Überempfindlichkeit nach dem Orgasmus verklungen war. Ohne Worte verständigten sich die beiden Männer jedoch darauf, die Plätze zu tauschen. Steffens Lippen und Zunge zwischen meinen Beinen konnte ich gut ertragen. Er kannte mich genau und wusste gut, wie er mich ganz sanft liebkosen konnte, ohne dass es mir so kurz nach dem Orgasmus unangenehm wurde. Maik hingegen küsste mich, und ich schmeckte an seinen

Lippen die Feuchtigkeit meiner Muschi, was mich zusätzlich erregte.

„Gib mir deinen Schwanz", sagte ich nun auch zu ihm.

Wie zuvor Steffen hockte er sich neben mich und ich blies ihn – während Steffen begann, mich nun wieder intensiver zu lecken. Es dauerte nicht lange, und ich hatte einen zweiten Höhepunkt. Nun aber machte Steffen keine Pause, sondern drehte mich um. Ich wusste, was er wollte, ging auf die Knie und streckte ihm meinen Po entgegen. Sofort war er hinter mir und in mir. Während er mich zu ficken begann, nahm ich Maiks Schwanz erneut in den Mund. Er schien es zu genießen, auch wenn mein Blasen im Rhythmus von Steffens Stößen etwas ruckartig wurde und es mir nicht ganz leicht fiel, mich auch auf Maik zu konzentrieren. Wie sich wohl dieser Schwanz in mir anfühlen würde? Ich wollte es wissen.

Ich ließ mich nach vorn auf den Bauch fallen, so dass Steffen aus mir herausglitt, drehte mich im nächsten Moment auf den Rücken und wandte mich Maik zu. Ich öffnete meine Beine, und registrierte mit Wohlgefallen, wie er mit großen Augen auf meine glatte, feuchte Muschi starrte.

„Fick mich", sagte ich nur und wusste, dass er es tun würde. Bislang hatte ich mit dieser direkten Aufforderung nur selten eine Enttäuschung erlebt.

Maik sah sich suchend um, und ich wusste, wonach er Ausschau hielt. Aber mein vorausschauender Liebster hatte alles gut vorbereitet und drückte Maik im nächsten Augenblick ein Gummi in die Hand. Schon eigentümlich, dachte ich, während unser Gast die Verpackung aufriss. Mein eigener Mann reichte einem fremden Mann ein Kondom, damit der mich ficken konnte. Warum auch nicht, sagte meine Erotikfee. Schließlich seid ihr Swinger. Und dein Liebster sorgt immer gut für dich. Wohl wahr.

Doch dieser Gedankenausflug dauerte nur zwei Sekunden. Im nächsten Augenblick war Maik zwischen meinen Beinen und ich spürte seinen harten Penis in mir. Ich klammerte mich an seine breiten Schultern und nahm seine Stöße in mich auf. Dieser gut gebaute Mann fühlte sich einfach geil an. Ich ließ meine Hände über seinen Rücken bis zu seinem Po gleiten, versuchte ihn noch enger an mich zu ziehen und drückte ihm mein Becken entgegen. Was gar nicht nötig gewesen wäre. Tiefer als er es ohnehin tat, hätte er kaum in mich stoßen können. Dass ich dabei meine Fingernägel in seinen Po gekrallt haben musste, registrierte ich erst später, als ich die entsprechenden Abdrücke an seinem knackigen Hinterteil sah.

Maik steigerte sein Tempo und ich ahnte, dass er bald soweit sein würde. Ich wollte ihn noch einmal auf seinen Rücken drehen, so dass ich ihn reiten konnte. Doch er drückte meine Handgelenke aufs Bett, hielt mich damit in dieser Stellung fest, und wurde noch schneller. Im nächsten Moment spürte ich, wie es ihm in mir kam. Seine Bewegungen wurden langsamer, sein Orgasmus ebbte nach und nach ab. Für einen Moment verharrte er so, dann griff er zu seinem Schwanz, hielt das Gummi fest und zog sich aus mir zurück. Schade, dachte ich, das hätte gern etwas länger dauern dürfen. Auch wenn ich schon zwei Orgasmen gehabt hatte – satt war ich keineswegs.

Aber es gab ja nicht nur Maik. Ich schaute zu Steffen, der uns die letzten Minuten mit geilem Lächeln zugesehen hatte, ohne ins Geschehen einzugreifen. Ich tastete zu seinem ein wenig geschrumpften Schwanz, der in meiner Hand rasch wieder steif wurde. Schließlich setzte ich mich auf ihn und begann jenen Ritt, den ich kurz zuvor gern auf Maik gehabt hätte. Nun war es unser Gast, der uns zusah. Ich streckte die Hand nach ihm aus, wollte, dass er mich anfasste und küsste, aber Maik blieb einfach nur still neben uns sitzen und sah zu. Dann eben nicht, dachte ich und konzentrierte mich ganz auf Steffen und mich. Es dauerte nicht lange, und ich erlebte meinen dritten Höhepunkt.

Jetzt war es Steffen, der mich abermals auf den Rücken drehte und mich von vorn nahm, ebenso wie es zuvor Maik getan hatte. Ich spürte den großen Schwanz in mir, der Unterschied war deutlich wahrnehmbar. Steffen fickte mich schnell und hart, und schließlich kam auch er in mir – ebenso wie ein paar Minuten zuvor Maik. Nur mit dem Unterschied, dass Steffen wirklich in mich hineinspritzte und nicht in ein Kondom.

Ermattet sank er auf mir zusammen, rollte sich von mir herunter und setzte sich neben mich. Ich richtete mich ebenfalls auf, saß nun zwischen den beiden Männern, und küsste Steffen – lange, zärtlich und intensiv. Das war schon immer meine Art, mich bei ihm für einen besonders schönen Orgasmus zu bedanken. Und vor allem dieser letzte Höhepunkt hatte einen solchen Dank mehr als verdient. Dann drehte ich mich zu Maik, küsste auch ihn, doch er erwiderte meinen Kuss nur halbherzig. Er fühlte sich spröde an, ganz anders als noch zu Beginn unseres Liebesspiels.

Als sich unsere Lippen voneinander lösten, sah ich ihn fragend an, konnte seinen Blick aber nicht deuten. Irgendetwas saß ihm schräg im Kopf, da war ich mir ganz sicher.

„Ich gehe grad mal ins Bad", sagte er und verschwand.

Ich schaute seinem geilen Hintern nach, entdeckte dort die Spuren meiner Fingernägel, lehnte mich an meinen Liebsten und wartete auf Maiks Rückkehr. Er brauchte ein paar Minuten, vermutlich wusch er sich. Das fand ich sehr sympathisch.

„Na du", flüsterte mir Steffen ins Ohr. „Völlig befriedigt bist du noch nicht, oder?"

„Hm, weiß noch nicht. Mal sehen, wozu Maik noch in der Lage ist. Auf jeden Fall hast du ihn gut ausgesucht", sagte ich, drückte Steffen einen Kuss auf die Wange und fügte schmunzelnd hinzu: „Es lebe mein Beuteschema – und vor allem: dass du es kennst."

„Wusste ich es doch", entgegnete mein Liebster. „Deine Augen haben ja geradezu an seinem Hinterteil geklebt, bis er im Bad verschwunden war."

„Gar nicht", sagte ich mit meinem unschuldigsten Kleinmädchenlächeln – obwohl ich natürlich wusste, dass es stimmte.

Endlich kehrte Maik zurück. Ja, ganz offensichtlich hatte er sich frischgemacht. Er blieb vor dem Bett stehen, gerade so, als sei er unschlüssig, was er nun tun sollte. Deshalb beschloss ich, ihn zu ermuntern. Ich griff nach seinem eingefallenen Schwanz, nahm ihn zärtlich in die Finger und dann auch in den Mund. Er wurde zwar nicht gleich wieder ganz steif, richtete sich aber doch deutlich auf. Na also, murmelte meine Erotikfee. Da geht noch was.

„Ich will deine Zunge spüren", sagte ich zu ihm, ließ mich auf den Rücken fallen und öffnete meine Beine. Ich hatte schon mehrfach die Erfahrung gemacht, dass ein Mann dieser Aufforderung nicht widerstehen konnte – und erlebte eine Überraschung. Maik griff mir an die Füße, die Waden, seine Hände wanderten ein Stück höher. Doch dann wandte er sich plötzlich ab.

„Seid mir nicht böse", sagte er. „Ich habe ein bisschen die Zeit im Nacken und muss los."

Blödmann, hörte ich die Erotikfee in mir fauchen. Wenn ich einem Mann derart eindeutig meine Muschi präsentierte, dann erwartete ich normalerweise auch seine Zunge – oder seinen Schwanz. Zumindest aber seine Finger. Dass auf diese Einladung in meinen Schoß ein Abschied folgte, war hingegen eine ungewöhnliche Erfahrung für mich. Sofort waren meine Beine wieder geschlossen.

„Ach so", sagte ich nur. Und das musste wohl ziemlich verärgert geklungen haben.

Wir sahen zu, wie Maik sich wortlos anzog – ich auf dem Bett sitzend, mit angezogenen Beinen, um die ich meine Arme geschlungen hatte. Schließlich aber verließ ich ebenso wie Steffen doch unser Liebeslager und begleitete Maik zur Wohnungstür. Obwohl ich reichlich verwirrt und nicht gerade begeistert war über den plötzlichen Aufbruch, umarmte ich ihn und gab ihm einen Kuss auf die Wange – nicht aber auf den Mund.

„Es war geil mit dir", sagte er zu mir, und das klang immerhin ehrlich. Ebenso ehrlich zuckte ich mit den Schultern. Ja, der Dreier war geil gewesen, keine Frage. Aber nun wusste ich einfach nicht, was ich sagen sollte. Doch offenbar erwartete Maik gar keine Antwort mehr. Er öffnete nach einem kurzen Gruß in Steffens Richtung die Tür und war verschwunden.

„Was war das denn?", fragte ich fassungslos sowohl Steffen als auch mich selbst. „Habe ich etwas falsch gemacht?"

„Du hast gar nichts falsch gemacht", erwiderte mein Liebster. „Du warst genauso heiß und unwiderstehlich, wie du das beim Sex immer bist."

„Das hat Maik offenbar anders gesehen."

„Vielleicht hatte er ganz einfach keine Lust, mein Sperma in deiner Muschi zu schmecken", entgegnete Steffen achselzuckend.

Das wäre natürlich eine Erklärung gewesen. Kaum ein Mann mochte das, wie ich schon mehrfach festgestellt hatte. Steffen hielt es bei unseren Swinger-Abenteuern deshalb oftmals so, dass er nicht in mich hineinspritzte, wenn noch die Möglichkeit auf eine weitere Runde mit fremden Mitspielern bestand. Heute aber hatte er sich offensichtlich nicht zurückhalten können – was sicher auch ein Kompliment an mich war.

„Aber deshalb muss er doch nicht gleich die Flucht ergreifen", wandte ich ein.

„Oder die Wahrheit ist viel schlichter", sagte mein einfühlsamer Liebster. „Maik ist fremdgegangen und hat plötzlich ein schlechtes Gewissen bekommen."

Ach ja, schoss es mit durch den Kopf. Für ihn war das ja ein heimlicher Seitensprung. Das hatte ich zwischenzeitlich völlig ausgeblendet – und das war wohl auch gut so gewesen. Trotzdem wäre es ganz schön gewesen, wenn er zum Sex etwas mehr Zeit mitgebracht hätte. So fühlte ich mich behandelt wie ein Zufallsquickie im Swingerclub. So etwas war zwar dann und wann auch ganz reizvoll, aber heute hatte ich mich eigentlich auf etwas anderes eingestellt.

Während Steffen und ich uns wieder ins Bett kuschelten, drehten sich meine Gedanken um Maik, der nun im Auto saß, nach Haus zu seiner Frau fuhr und ihr vermutlich irgendetwas von einem anstrengenden Arbeitstag erzählte. Vor meinem geistigen Auge schloss er die Wohnungstür auf, begrüßte seine Liebste mit einem Kuss, sie umarmte ihn – und würde in diesem Moment möglicherweise stutzig werden.

„Mein Parfum", schoss es mir plötzlich durch den Kopf.

„Was ist damit?"

„Maiks Frau wird es riechen, wenn er sie umarmt."

„Ach Quatsch", entgegnete Steffen.

„Doch", beharrte ich. „Es ist ziemlich intensiv. Und Frauen haben eine feinere Nase als Männer. Sie wird es bestimmt wahrnehmen. Außerdem hat Maik Spuren von meinen Fingernägeln auf dem Po. So etwas übersieht eine Frau auch nicht."

„Tja, falls du recht hast, hat er möglicherweise ein Problem. Aber das ist dann sein Problem."

Das stimmte natürlich. Trotzdem ging mir der Gedanke nicht aus dem Kopf. Das änderte sich erst, als Steffen mich zu küssen begann – genau dort, wo ich kurz zuvor Maiks Zunge hatte spüren wollen. Mein Liebster leckte mir meine schweren Gedanken weg, und schließlich vögelte er sie mir auch aus dem Kopf. Ich vergaß Maik für den Augenblick und genoss die Nacht mit Steffen, die gerade erst begonnen hatte.

Erst als wir später reichlich ermattet und in der Löffelchenstellung zur Ruhe kamen, kehrten meine Gedanken noch einmal zu unserem Besucher zurück. Ich stellte mir vor, wie es wohl wäre, wenn Maik noch immer hier wäre – hier bei uns in unserem Doppelbett und mit uns die Nacht verbringen würde. Dann könnte ich nicht nur Steffens nackten Körper von hinten an meiner Haut spüren, sondern auch den von Maik vor mir. So eingerahmt von zwei Männern einzuschlafen, stellte ich mir in diesem Moment sehr reizvoll vor. Ich nahm den Gedanken mit in die Nacht und schlief ein. Immerhin waren beide Männer um mich, als ich im Traum so manches noch einmal nacherlebte.

In den kommenden Tagen sprachen wir zwar immer mal wieder über das Erlebnis mit Maik, verbrachten ansonsten aber die Zeit nur miteinander – auch wenn ich das unbestimmte Gefühl hatte, dass wir Maik noch einmal wiedersehen würden. Dabei genoss ich jedoch sehr die Zweisamkeit mit Steffen, auf die ich mich vor diesem Urlaub ja ohnehin eingestellt hatte.

Wir feierten den Jahrestag unserer Beziehung mit einem romantischen Abendessen in einem etwas vornehmeren Restaurant, das wir uns normalerweise nicht geleistet hätten. Steffen trug Sakko und Krawatte, ich ein Minikleid und halterlose Strümpfe. Während wir auf das Essen warteten, zog ich mir so unauffällig wie möglich den Slip aus und reichte ihn meinem Liebsten. Der hielt ihn sich vor das Gesicht, atmete tief ein und legte ihn neben sein Weinglas. Als der Kellner kam, erwartete ich, dass er ihn wegstecken würde, aber mein Mann ließ den Slip, wo er war. Er hatte ihn zwar etwas zusammengefaltet und seine Serviette halb darüber geschoben, aber ich war mir sicher, dass der Kellner sehr wohl registrierte, was dort auf dem Tisch lag. Allerdings ließ er sich nichts anmerken – anders als vermutlich wir beide. Seit ich den Slip ausgezogen hatte, wollte das Grinsen aus Steffens Gesicht nicht mehr verschwinden. Und aus meinem wohl auch nicht. Steffen ließ das zarte Etwas neben seinem Weinglas liegen, bis wir das Restaurant wieder verließen. Erst als wir aufbrachen, nahm er es, steckte es sorgfältig in die äußere Brusttasche seines

Jacketts und ließ einen Zipfel wie ein Einstecktuch herausblitzen.

Als wir nach dem Abendessen wieder in unserer Ferienwohnung waren, konnte ich es nicht erwarten, dass Steffen mich endlich fickte. Aber das tat er nicht. Stattdessen schlief er mit mir – ganz sanft und zärtlich und innig. Das war wieder einmal einer jener Momente, in denen ich ganz genau wusste, warum ich diesen Mann so liebte und warum ich inzwischen seit zehn Jahren mit ihm zusammen war. Ich freute mich auf die kommenden zehn Jahre und all die Jahrzehnte danach.

Felsen, Strand und Blicke:
Da ist was im Busch

Wir verbrachten in den nächsten Tagen viel Zeit mit dem Erkunden der Insel. Wir sahen uns einige Ortschaften an, setzten uns in Cafes, und hin und wieder legten wir uns auch an einen Strand – wenn auch immer nur für eine begrenzte Zeit. Das Dösen in der Sonne war zwar entspannend, aber wenn man damit den ganzen Tag verbringen wollte, wurde es zuweilen doch recht eintönig. Ich hatte jedoch Lust, ein wenig streifenfreie Bräune einzufangen – auch wenn das Ergebnis bei mir deutlich magerer ausfiel als bei Steffen. Das zählte wohl zu den kleinen Ungerechtigkeiten im Leben: Im Gegensatz zu mir war es meinem Liebsten ziemlich egal, ob er gebräunt aus dem Urlaub zurückkehrte oder nicht. Ich aber musste ziemlich viel Zeit in der Sonne verbringen, damit man mir das auch ansah – während Steffen schon beinahe braun wurde, wenn er nur im Wetterbericht hörte, dass am nächsten Tag die Sonne scheinen sollte. Jedenfalls hatte ich manchmal diesen Eindruck. Nach nur wenigen Tagen hatte er eine kräftig getönte Hautfarbe, während ich noch immer aussah, als sei ich gestern erst dem Flugzeug entstiegen. Oder zumindest vorgestern.

Mehrfach hielt ich bei diesen Strandausflügen sogar meine Füße in das noch recht kühle Mittelmeerwasser – allerdings maximal bis zu den Knien, dann wurde es mir einfach zu kalt. Einmal muss ich dabei wohl so ausgesehen haben, als würde ich ein ernsthaftes Bad erwägen. Jedenfalls blieb ein Mann an der Wasserlinie stehen und rief mir auf Deutsch ein freundliches „Nur Mut" zu. Der Fremde war ebenso nackt wie ich, sah gut aus und lächelte charmant. Vermutlich deshalb ließ ich mich auf den kleinen Smalltalk ein und entgegnete:

„Nach Ihnen."

Allerdings hatte ich nicht damit gerechnet, dass sich der nackte Fremde tatsächlich in das kalte Wasser stürzen würde. Tat er aber. Ohne mich aus den Augen zu lassen ging er an mir vorbei immer tiefer ins Wasser und schwamm schließlich ein Stück ins Meer hinaus. Eigentlich hätte ich ihm nun folgen müssen, und vermutlich erhoffte er das auch. Um aber keine falschen Erwartungen aufkommen zu lassen, kehrte ich zu Steffen zurück, der ein paar Meter entfernt auf der Decke lag und mir schmunzelnd zugesehen hatte.

„Ich glaube, da hast du grad jemanden enttäuscht", sagte er.

„Das kann schon sein. Wo sich der Mann doch sogar in das kalte Wasser gestürzt hat, um mir zu imponieren …"

Der Fremde beendete sein Bad ziemlich schnell wieder, stieg aus dem Wasser und ging langsam an uns vorbei. Vermutlich war er tatsächlich enttäuscht, dass ich in Begleitung war, aber er ließ es sich nicht anmerken. Ganz souverän bedachte er uns beide mit einem lächelnden Kopfnicken. Das gefiel mir, und ich beschloss, ihn ein ganz klein wenig zu entschädigen. Ich öffnete meine Beine dezent, aber weit genug, dass er einen Blick auf meine Muschi bekommen konnte. Er tat zwar so, als nehme er das nicht weiter wahr, doch ich war mir sicher, dass ihm gefiel, was ich ihm zeigte. Jedenfalls verstärkte sich das Lächeln auf seinem Gesicht – nicht viel, aber doch genug, dass ich es zufrieden registrierte. Als er schließlich an uns vorübergegangen war, sah ich ihm noch ein paar Sekunden nach und stellte fest, dass er doch recht gut gebaut war.

„Na, hättest du ihn gern auf unsere Decke eingeladen?", hörte ich meinen Liebsten neben mir sagen.

Ich blickte Steffen etwas ungläubig an. Der aber fügte sogar noch hinzu:

„Oder in unser Bett?"

Für einen Augenblick war ich tatsächlich verblüfft, ertappte mich aber dabei, wie ich den Gedanken tatsächlich zuließ – zumindest für ein, zwei Sekunden.

Dann aber entgegnete ich: „Ich glaube, ein Dreier im Urlaub reicht mir."

Steffen veränderte seinen lustvoll-grinsenden Blick nicht, mit dem er mir in diesem Moment in die Augen sah. Ich fragte mich, ob er es vielleicht ernst gemeint hatte. Und ich fragte mich, was wohl passiert wäre, wenn wir den Fremden wirklich eingeladen hätten. Der Gedanke machte mich unruhig und kribbelig.

Unsere Ausflüge an die Strände waren aber keineswegs unsere Hauptbeschäftigung in diesen Tagen. Denn vor allem wollten wir das Tramuntana-Gebirge im Westen der Insel erwandern. Das mallorquinische Wetter zeigte sich nun von der besten Seite, die für April denkbar war. Wir hatten jeden Tag strahlenden Sonnenschein bei Temperaturen um die 20 Grad. Verglichen mit den Sommermonaten waren in dieser Zeit nur wenige Wanderer unterwegs und wir trafen manchmal stundenlang keine anderen Menschen auf den einsamen Bergpfaden. Mehrfach verließen wir auch die Wanderwege, weil Steffen vor einem besonders schönen Hintergrund Fotos von mir machen wollte – auf denen ich nur wenig oder auch gar nichts anhatte. An windgeschützten und sonnigen Stellen war es dafür durchaus warm genug.

Zweimal führte eine solche Fotosession auch zu Freiluftsex. Das war zwar nicht sehr bequem, aber es war prickelnd, wenn Steffen mich im Stehen von hinten nahm und ich mich nur an einem Felsen festhielt. Einmal war ich dabei etwas irritiert, weil eine neugierig gewordene Ziege gemächlich kauend und offensichtlich sehr interessiert von einem Felsen auf uns herabblickte. Aber mit so etwas musste man beim Sex in freier Natur wohl rechnen. Und solange es sich um Ziegen und nicht um andere Wanderer handelte, war das ja auch nicht weiter tragisch.

Wobei ich nicht hätte beschwören können, dass jene neugierige Ziege wirklich unser einziger Zuschauer war. Es war am nächsten Tag an einem Felsen abseits des Wanderwegs, wo ich mich auszog und eins von Steffens (eigens zu diesem Zweck mitgebrachten) T-Shirts überstreifte, das auf den Bildern dann wie ein Minikleid wirken sollte. Ich setzte mich auf einen Felsen, zog ein Bein an, während mein Liebster Fotos mit seinem Handy schoss. Ich streckte die Brust etwas vor, um meine Oberweite zu betonen, was allerdings nur begrenzte Wirkung hatte, wie ich später auf den Bildern feststellte. Steffens Shirt war einfach zu weit für mich, um darin sonderlich sexy zu wirken. Jedenfalls was die Oberweite betraf. Andere Einblicke wurden hingegen einigermaßen reizvoll. Steffen forderte mich auf, meine Beine leicht zu öffnen, dann etwas mehr und noch etwas mehr. Auf den Bildern, die wir am Abend auf dem iPad ansahen, war meine blanke Muschi unter dem Shirt gut zu erkennen. Und auf einem der Bilder zeichneten sich zudem sogar meine Brustwarzen ab, wenn auch nur leicht.

Während Steffen an jenem Felsen seine Bilder machte, hörte ich ein leichtes Knacken in einem Gebüsch in der Nähe und schaute mich um. Zu sehen war nichts, aber kurz darauf kam erneut ein unbestimmbares Geräusch aus derselben Richtung.

„Irgendwie habe ich das Gefühl beobachtet zu werden", sagte ich zu Steffen.

„Hättest du jetzt gern Zuschauer?", entgegnete mein Liebster leicht grinsend, während er ungerührt das Shirt an meinen Beinen etwas höher schob, um einen besseren Einblick in meinen Schoß zu bekommen.

Ich überlegte einen Moment. Zuschauer konnten ja durchaus reizvoll sein. Aber jetzt und hier? Eher weniger.

„Vielleicht", entgegnete ich dennoch. „Zum Beispiel, wenn der Zuschauer Maik heißen würde."

„Ich sehe, er geht dir nicht aus dem Kopf", sagte Steffen.

„Naja, war schon eine heiße Nummer mit euch beiden. Trotz Maiks plötzlichem Aufbruch."

„Stimmt", pflichtete er mir bei, während er weiter seine Fotos machte. „Schön, dass dir mein Geschenk gefallen hat."

„Oh ja", sagte ich leise und hatte wieder die Bilder des heißen Dreiers in unserer Ferienwohnung vor Augen. Vor allem Maiks Schwanz in meinem Mund konnte ich in diesem Augenblick beinahe spüren. Was war ich doch heiß gewesen, den Mann mit meinem Mund zu verwöhnen!

„Ziehst du mal das Shirt aus?", forderte Steffen mich nun auf, womit er mich teilweise aus meiner schönen Erinnerung riss – aber nur teilweise. „Ich würde gern noch ein paar Nacktbilder machen."

„Nein, erst muss ich dir jetzt einen blasen", entgegnete ich und sah zufrieden den überraschten Blick in seinem Gesicht. Aber der verwandelte sich sehr schnell in ein geiles Grinsen.

„Ach", sagte er und stellte sich direkt vor mich. „Musst du das?"

„Ja", erwiderte ich nur, während ich ihm die kurze Wanderhose öffnete und seinen Schwanz freilegte, der leider nicht gerade steif war.

Aber ich wusste, dass ich das schnell ändern konnte. Ich nahm das Teil in den Mund, wo es sich rasch zu voller Größe aufrichtete. Ja, dachte ich, so will ich dich haben. Ich stellte immer wieder fest, was für einen geilen Schwanz mein Liebster doch hatte: Groß, wohlgeformt, beschnitten – und er fühlte sich einfach gut an. Nicht nur in meinem Mund. Aber so gern ich ihn in mir spürte: Manchmal hatte ich unglaubliche Lust, ihn einfach nur zu blasen. Und da ich wusste, wie sehr mein Liebster das mochte, hatte ich auch keine Skrupel, mir das einfach hin und wieder zu nehmen. Warum auch nicht? Schließlich machte es auch Steffen unglaublich an, wenn ich die Initiative übernahm – so wie jetzt.

Während ich ihn mit Lippen und Händen verwöhnte, hörte ich das Klicken seines Handys über mir und wusste, dass er weitere Fotos machte – allerdings mit mäßigen Ergebnissen, wie wir später feststellen sollten. Mit dem Ergebnis meines Lippenspiels war ich hingegen durchaus zufrieden. Ich wusste ganz genau, wie ich Steffen einen Höhepunkt bescheren konnte, und ich tat es. Das Zusammenspiel von Lippen und Hand wirkte immer. Es dauerte nicht allzu lange, bis ich ein deutliches Zucken in seinem Schwanz wahrnahm. Im nächsten Augenblick sprudelte mir sein Sperma in den Mund. Ich wusste, wie erregend es für ihn war, wenn ich es schluckte – was ich immer mal wieder tat. Diesmal aber öffnete ich den Mund und brachte die Sache mit der Hand zu Ende – was zur Folge hatte, dass seine letzten Spritzer in meinem Gesicht landeten. Und wie ich erwartet hatte, konnte er nun nicht widerstehen, auch das zu fotografieren. Auf den Bildern war später sein Sperma deutlich zu erkennen: auf meinen Lippen, an meiner Nase und wie es aus meinem Mund herausfloss, um auf dem T-Shirt zu landen – eben an jener Stelle, wo sich der Stoff über meinen Brüsten wölbte. Ganz sanft liebkoste ich seinen noch immer leicht zuckenden Schwanz mit der Hand und nahm ihn schließlich noch einmal in den Mund, um den letzten Rest herauszusaugen, den ich dann schließlich doch schluckte.

„Das T-Shirt ist schmutzig geworden", sagte ich schließlich mit meiner Kleinmädchenstimme und sah ihm unschuldig in die Augen. „Das muss wohl in die Wäsche."

„Wahnsinn", stammelte er noch immer keuchend, ohne auf mein Kleinmädchenspiel einzugehen. „Du bist der Wahnsinn!"

Im nächsten Augenblick beugte er sich zu mir und küsste mich. Es wurde ein langer Kuss, bei dem unsere Zungen wild miteinander spielten. Der Gedanke, dass ich ihm dabei ein wenig von seinem Sperma zurückgab, machte mich an. Ich spielte noch immer mit seinem Schwanz – halb in der Hoffnung, dass er damit vielleicht noch etwas anderes würde anfangen können. Irgendwie bekam ich nun doch Lust, ihn auch noch richtig in mir zu spüren. Aber das anfangs noch halbsteife Teil in meiner Hand fiel immer mehr in sich zusammen, und ich wusste, dass Steffen mich zumindest jetzt gleich nicht ficken würde. Schade, murmelte die Erotikfee in mir. Vielleicht hättest du ihn doch nicht zum Abspritzen bringen sollen. Aber das hatte ich so gewollt. Und es war geil gewesen! Allein schon für seinen Blick und den Tonfall in seiner Stimme hatte sich das gelohnt.

Doch Steffen hatte durchaus die Absicht, sich für das Spiel meiner Lippen zu revanchieren. Sanft drückte er mich nach hinten, so dass ich mich an den Felsen anlehnte und halb sitzend zusah, wie er vor mir in die Hocke ging. Er öffnete meine Beine, die ich ihm über die Schultern legte, und im nächsten Augenblick spürte ich seine Zunge zwischen meinen Schamlippen. Er begann mich zu lecken, doch bevor ich mich ganz fallenließ, wurde ich erneut von einem raschelnden Geräusch aus dem Gebüsch abgelenkt. Hatten wir etwa doch Zuschauer? Oder waren erneut Ziegen unterwegs? Ich schaute in die Richtung, aus der ich das Geräusch wahrgenommen hatte, konnte aber auch diesmal nichts erkennen. Zwei, drei Sekunden fixierte ich noch das Gebüsch, dann aber entspannte ich mich wieder und genoss nur noch Steffens Zunge und seinen Finger, den er mir zugleich in die Muschi steckte.

Der Orgasmus, den ich kurz darauf hinausschrie, hätte vermutlich jede Ziege in der Nähe aufgeschreckt und in die Flucht geschlagen. Als mir das bewusst wurde, blickte ich unwillkürlich wieder zu jenem Gebüsch, wo sich aber nichts rührte. Vielleicht hatte ich mir das alles ja doch nur eingebildet. Erschreckte Ziegen sah ich jedenfalls keine.

Wir zogen uns wieder an, betrachteten gemeinsam das spermaverschmierte T-Shirt, bevor Steffen es in den Rucksack steckte, und sahen uns verschwörerisch in die Augen.

„Ist ganz schön viel darauf gelandet", sagte ich.

„Naja", entgegnete mein Liebster grinsend. „Wenn du nichts schluckst und alles wieder aus dem Mund herauslaufen lässt, dann kommt das dabei heraus."

„Dass ich gar nichts geschluckt habe, kann man auch wieder nicht sagen", entgegnete ich augenzwinkernd. „Nur vielleicht nicht sonderlich viel."

Er entgegnete nichts weiter, sondern umarmte und küsste mich – lange, hingebungsvoll, intensiv.

Schließlich aber schulterten wir unsere kleinen Rucksäcke und suchten den Weg zurück zum Wanderpfad, was in dem steinigen Gelände nicht immer ganz einfach war. Man musste bei jedem Schritt aufpassen, wohin man trat. Nach einigen Metern blieben wir noch einmal stehen, blickten auf den Felsen zurück und ich sagte versonnen:

„Was für eine heiße Fotosession!"

Steffen sah mich an und nickte. Wir beide ahnten nicht, dass wir in diesem Urlaub noch ganz andere Fotos machen würden.

Als wir wieder auf dem offiziellen Pfad waren, kam uns nach einer kurzen Strecke ein Einzelwanderer entgegen, dessen schwarz-grünes Basecap mir sofort ins Auge fiel. Als er an uns vorüberging, grüßten wir ihn wie üblich mit dem spanischen „Hola". Der Fremde erwiderte den Gruß jedoch nicht – dafür aber sah er mir mit einem seltsamen Grinsen direkt in die Augen. Ich empfand seinen Blick als viel zu vertraulich und irgendwie unangemessen. Einen Augenblick blieb ich stehen und drehte mich nach dem Mann um. Auch er schaute nach einigen Metern zurück, allerdings ohne stehenzubleiben. Als sich unsere Blicke nun ein zweites Mal trafen, wandte er sich rasch wieder ab und setzte seinen Weg fort.

„Was ist?", fragte Steffen, während wir weitergingen.

„Weiß nicht, irgendwas war grad komisch", entgegnete ich. „Der Mann hat mich so seltsam angesehen. Dich auch?"

„Nein, mich nicht. Ist doch aber auch nicht verwunderlich, dass er seine Aufmerksamkeit mehr der schönen Frau schenkt als ihrem Mann."

Ich musste bei den Worten lächeln. Allerdings wusste ich, dass der Fremde mich nicht nur deshalb angesehen hatte, weil ich eine junge Frau war – zumindest deutlich jünger als er selbst.

„Ich kann es dir schwer erklären", sagte ich. „Irgendetwas hat mich grad gestört. In seinem Blick lag etwas merkwürdig Verschwörerisches. Gerade so, als würden wir uns kennen. Dabei habe ich ihn mit Sicherheit noch nie gesehen."

Wir gingen weiter, aber ich achtete nicht mehr sonderlich auf den Pfad oder die Landschaft um uns herum, sondern blieb tief in meinen Gedanken. Die kurze Begegnung mit dem fremden Mann wollte mir nicht aus dem Kopf gehen. Irgendetwas war da, was ich ergründen wollte. Nur was?

Plötzlich wusste ich es. Ich blieb stehen, nahm Steffens Arm und sah ihn an.

„Die Ziege", sagte ich.

„Was für eine Ziege?"

„Die, die da im Gebüsch bei unserem Felsen war. Das war keine Ziege, sondern der Mann, der uns grad begegnet ist."

„Glaubst du?"

„Wir haben beide nichts gesehen, aber Knacken und Rascheln gehört."

„Könnte aber tatsächlich eine Ziege gewesen sein. Davon laufen hier doch jede Menge rum. Oder ein großer Vogel. Oder ein Kaninchen."

„Oder ein Voyeur!"

Steffen zuckte mit den Schultern: „Oder ein Voyeur. Wer weiß." Und grinsend fügte er hinzu: „Manchmal hast du doch Zuschauer ganz gern."

Das war nicht ganz falsch. Steffens Worte erinnerten mich an Situationen im Swingerclub, in denen ich Sex hatte und gleichzeitig per Augenkontakt mit einem Zuschauer geflirtet hatte. So etwas hatte ich schon mehrfach erlebt, und ich hatte mich dann sogar bemüht, dem Außenstehenden reizvolle Einblicke zu gewähren. Hier aber fühlte ich mich bei dem Gedanken an einen möglichen heimlichen Spanner unwohl:

„Ja, im Club", entgegnete ich. „Oder bei einer privaten Party. Das hier ist etwas anderes."

„Worin liegt der Unterschied?"

„Zum Beispiel in der Möglichkeit, dass nicht nur du, sondern auch der Voyeur Fotos gemacht haben könnte", erwiderte ich und spürte, dass mir dieser Gedanke ganz und gar nicht behagte. Vor mein geistiges Auge drängten sich in Sekundenbruchteilen plötzlich Bilder von Steffen und mir beim Sex an jenem Felsen. Und diese Bilder waren nicht auf Steffens Handy, sondern in einschlägigen Foren im Internet, wo sie die ganze Welt betrachten konnte.

„Hey", sagte Steffen. „Wir wissen nicht, ob der Mann da wirklich im Gebüsch gesteckt hat. Wir haben nichts von ihm gesehen. Und dass er dich angeschaut hat, finde ich wirklich nicht erstaunlich. So oft begegnen einem hier oben keine schönen Frauen, die auch noch so sexy angezogen sind wie du."

Ich grinste meinen Liebsten schief an und beschloss, am nächsten Tag eine lange Hose und ein etwas weiter geschnittenes T-Shirt anzuziehen.

„Da muss ein Mann doch hingucken!", fuhr Steffen fort. „Und manche Männer neigen leider dazu, unverschämt offen zu starren, statt mit dezenten Blicken zu schauen."

Ich hatte den Eindruck, dass er das durchaus ernst meinte. Zumindest klang es einleuchtend und ich nickte, während wir weitergingen. Trotzdem schaute ich mich noch einmal nach dem Fremden um, der aber längst verschwunden war. Was hätte ich auch tun sollen, falls er doch noch in Reichweite gewesen wäre? Zu ihm laufen und ihn fragen, ob er vielleicht ein paar Sexfotos von mir im Handy hatte? Ich musste selbst lachen über diesen Gedanken.

An diesem Abend waren wir ziemlich ausgepowert. Der Weg war weiter gewesen, als wir erwartet hatten. Zudem hatten wir uns auf dem Rückweg auch noch verlaufen. Insgesamt hatten wir einen ziemlichen Fußmarsch hinter uns gebracht.

Trotzdem hatte ich große Lust, noch zu kochen und uns für diesen anstrengenden Tag zu belohnen. Wir schnitten gemeinsam das Gemüse für ein Risotto klein, und als ich begann, alles zusammenzurühren, zog Steffen sich für ein paar Minuten zurück. Er überspielte die Fotos des Tages von seinem Handy aufs iPad, damit wir sie auf dem größeren Bildschirm besser betrachten konnten.

Während das Risotto schließlich vor sich hinköchelte, schaute ich ihm über die Schulter. Bei vielen Bildern schüttelte ich unwillig den Kopf.

„Das kannst du gleich wieder löschen", sagte ich dann oder: „Das kann auch weg." Oder auch: „Oh ne, das geht ja gar nicht! Aus der Perspektive hab ich ja gar keinen Busen!"

Viele Bilder waren wirklich nur Schnappschüsse, auf denen ich mir nicht sonderlich gefiel – auch wenn mein Liebster meinte, ich sei mal wieder viel zu selbstkritisch. Von den Bildern, auf denen ich Steffens T-Shirt trug, waren einige aber ganz schön geworden. Vor allem ein paar Aufnahmen, die mich mit angewinkelten Beinen auf dem Felsen zeigten, gefielen mir gut – besonders jene, die nur erahnen und nicht gleich erkennen ließen, dass ich unten ohne war. Die Bilder, auf denen meine Muschi deutlich zu erkennen war, empfand ich hingegen als zu direkt. Mein Liebster war anderer Meinung und kündigte an, eins davon in unser Profil bei *Joyclub* einbauen zu wollen.

„Da gibt es doch schon Muschi-Bilder von mir", wandte ich ein.

„Aber nicht auf einem Felsen in der Landschaft. Und auch nicht mit einer derart lasziven Haltung. Ist doch ein geiles Bild, findest du nicht?"

Die männliche und die weibliche Sicht der Dinge waren wieder einmal nicht ganz deckungsgleich, stellte ich fest. Aber ich stimmte achselzuckend zu, das Bild zu posten. Steffen hatte einfach viel Spaß daran, der Swinger-Gemeinschaft seine Frau zu präsentieren.

Ich wischte noch weiter über das iPad, um mir auch die anderen Felsen-Fotos anzusehen, und plötzlich stutze ich. Ich zog den Bereich hinter dem Felsen größer und holte so das Gebüsch heran, aus dem ich Stunden zuvor undefinierbare Geräusche gehört hatte.

„Was ist da?", fragte mein Liebster.

„Ich bin mir nicht ganz sicher, aber schau mal: Ist das hier nicht ein Basecap?"

„Wo? Ich erkenn´ da nichts", entgegnete Steffen und zoomte der Bereich selbst heran, wieder etwas weiter weg und wieder näher heran. Je mehr er den Ausschnitt vergrößerte, umso mehr verpixelte dieser jedoch und wurde eher schwerer erkennbar.

„Da", sagte ich und zeigte mit dem Finger auf das Gebüsch. „Der Fleck hier, das könnte das grünschwarze Basecap von dem Mann sein, der uns auf dem Wanderweg begegnet ist."

„Könnte aber auch ein Teil vom Gebüsch sein."

Das musste ich zugeben. Mit etwas Phantasie war auf dem Bild der fremde Mann zu sehen – aber manchmal hatte ich vielleicht auch zu viel Phantasie. Allerdings war der Fremde in meinen Gedanken nur schwer aus dem Gebüsch zu vertreiben. Und natürlich hatte er dort auch Fotos von uns beim Oralsex gemacht. Als ich Steffen meine Befürchtung mitteilte, entgegnete er:

„Ich sag mal so: Wenn er da wirklich im Gebüsch war, dann hat er etwas Schönes zu sehen bekommen. Es gibt Schlimmeres als beim Sex beobachtet zu werden. Falls er auch noch Fotos gemacht haben sollte, dann waren wir auf jeden Fall so weit weg, dass kein Mensch unsere Gesichter erkennen kann. Von uns aus ist das Gebüsch ja auch ziemlich undeutlich. Und meine Handy-Kamera löst sehr hoch auf."

Das war die realistisch-technische Sicht der Dinge und wohl nicht von der Hand zu weisen. Manchmal war die männliche Sicht der Dinge doch ganz hilfreich. Mein unruhiges Gefühl verflüchtigte sich zwar nicht augenblicklich, aber immerhin beruhigte mich die Erkenntnis. Sollte der fremde Wanderer uns tatsächlich fotografiert haben, hätte er für gut erkennbare Bilder schon eine richtige Kamera mit gutem Teleobjektiv gebraucht. Und wer schleppte so etwas schon bei einer Bergwanderung mit sich herum?

Vielleicht ein Tierfotograf, warf meine Mahnerin ein. Sicher, möglich war natürlich auch das. Soweit ich mich erinnern konnte, hatte der Mann ebenfalls einen Rucksack dabei gehabt, in den eine Fotoausrüstung durchaus hineingepasst hätte. Oder doch nicht? Ganz sicher war ich mir nicht. Aber unerlaubte Fotos von Steffen und mir beim Freiluftsex hätten auch schon bei früheren Gelegenheiten entstehen können, von denen wir gar nichts ahnten. Rein theoretisch hätte sogar ein Satellit zur Erdbeobachtung mit seinen extrem hochauflösenden Kameras solche Bilder machen können – und irgendein Nasa-Techniker erfreute sich vielleicht gerade jetzt in diesem Augenblick an den Fotos von Steffen und mir. Ich hatte kurz vor dem Urlaub einen Zeitungsartikel gelesen, in dem beschrieben wurde, dass manche Satelliten ultrascharfe Bilder machten – so scharf, dass man auf ihnen fast erkennen konnte, welches Essen auf einem Gartentisch stand oder ob die Wäsche auf der Leine wirklich sauber war.

Bevor meine Gedanken jedoch völlig ins Abstruse abdrehten, beschloss ich, den fremden Mann und die Geräusche im Gebüsch aus meinem Kopf zu verabschieden. Hilfreich dafür war auch, dass Steffen inzwischen weitergeblättert hatte und auf seinem iPad nun ein Bild von mir im spermaverschmierten T-Shirt zu sehen war. Unter der feuchten Stelle im Stoff zeichnete sich eine meiner Brustwarzen deutlich ab, was mir durchaus gefiel.

„Sperma auf deinem Busen sieht einfach geil aus", sagte Steffen und sah mich mit funkelnden Augen an.

„Auch mit Stoff dazwischen?"

„Ja, hat doch was. Wobei es natürlich auch heiß aussieht, wenn es einfach nur auf nackter Haut ist. Aber ich finde, mit dem verschmierten T-Shirt hat das schon einen besonderen Touch."

Während er das sagte, schob er eine Hand zu meinem Busen und massierte meine Brüste durch das Sweatshirt hindurch, das ich jetzt trug. Ich ahnte, dass Steffen an diesem Abend noch einmal Fotos machen wollte – diesmal vermutlich von meinen nackten Brüsten mit seinem Sperma darauf.

Aber ich sollte mich irren. Als Steffen gerade begonnen hatte, mich zu befummeln, stieg ein merkwürdiger Geruch in meine Nase und ich sprang hastig aus dem Sofa auf.

„Das Risotto!", rief ich und huschte zur Küchenzeile.

Unser Abendessen qualmte fröhlich und gut sichtbar vor sich hin. Die Flüssigkeit war längst verdampft und das Reis-Gemüse-Gemisch war gerade dabei, sich in den Topf einzubrennen. Ich nahm das unerfreuliche Ergebnis von der Kochplatte und sah Steffen unglücklich an. Er griff zu einer Gabel, probierte das Risotto und sagte ungerührt:

„Schmeckt wunderbar. Wir müssen nur vielleicht vermeiden, allzu tief zu graben."

Das war einer der Momente, in denen ich meinen Mann einfach nur liebte. Das Essen war zwar noch genießbar, aber natürlich schmeckte es insgesamt angebrannt – nicht nur aus den tieferen Schichten. Doch Steffen ließ sich das nicht anmerken, sondern aß mit großem Appetit, was ich da verbrochen hatte. Naja, eigentlich aß er immer mit großem Appetit. Manchmal fragte ich mich, wo der Mann das in seiner schlanken Figur alles ließ. Zu dem Essen tranken wir reichlich mallorquinischen Rotwein, mit dem man den leichten Beigeschmack ganz gut überdecken konnte, wie ich fand. Allerdings waren wir anschließend derart müde, dass wir nur noch ins Bett statt übereinander her fielen und umgehend einschliefen.

Das war eher ungewöhnlich für uns. In unseren Urlauben gab es normalerweise keine Nacht, in der wir nicht mindestens einmal zusammen schliefen – oft auch mehrfach. Doch dieser Urlaub war anders. Da wir in diesen Tagen meist ausgedehnte Wanderungen unternahmen, waren wir abends meist nur noch müde und verbrachten mehrere (wenn natürlich auch nicht alle) Nächte einfach nur mit schlafen.

So kamen wir zu der Überlegung, ob unser Urlaub nicht doch noch ein weiteres sexuelles Highlight bekommen sollte. Sicher, die Fotosessions in den Bergen waren prickelnd, und auch das Dreier-Erlebnis mit Maik war trotz des merkwürdigen Endes heiß gewesen. Ihn noch einmal einzuladen, kam allerdings nicht infrage – allein schon deshalb, weil wir nichts mehr von ihm gehört hatten. Zwar hatte auch Steffen ihm keine SMS mehr geschickt, aber als unser Gast wäre es auch eher seine Sache gewesen, uns noch einmal anzutickern, fanden wir. Zumindest einen kleinen Gruß am Tag danach hätte ich mir gewünscht. Aber den gab es nicht, und so sahen auch wir keine Veranlassung, uns bei ihm zu melden. Ein bisschen sollte sich ein Mann schon bemühen, wenn er Sex mit mir wollte. Dennoch wurde ich auch nach unseren Wandertagen das Gefühl nicht los, dass es das noch nicht gewesen war mit Maik. Und auf mein Gefühl konnte ich mich meist recht gut verlassen.

Aber Mallorca bot ja noch andere Möglichkeiten für sexuelle Aktivitäten, die über die erotische Zweisamkeit hinausgingen. Auch hier gab es Swingerclubs, und wir waren immer neugierig, einen unbekannten Club kennenzulernen. Steffen hatte diesen Gedanken ja ohnehin schon mit auf die Insel gebracht, und ich ließ mich gern von ihm zu einem solchen Ausflug verführen. So stöberten wir auf seinem iPad die entsprechenden Seiten bei *Joyclub* durch und entdeckten für den kommenden Samstag in einem der Clubs halbwegs gute Anmeldezahlen. Leider hatten sich die meisten Paare anonym angemeldet, so dass wir nur wenige Profile anschauen konnten. Bei einer der erkennbaren Anmeldungen musste ich allerdings stutzen. Es war ein Paar mit einer sympathischen Selbstbeschreibung und wenigen, aber ansprechenden Bildern, auf denen (wie auch in unserem Profil) keine Gesichter erkennbar waren. Die Bi-Neigung der Frau stehe im Vordergrund, so die Aussage in dem Profil. Der Mann dagegen war hetero; er war groß und sportlich, hatte kurze schwarze Haare und ein knackiges Hinterteil.

„Der sieht aus wie Maik", sagte ich und fügte im Gedanken hinzu: Fehlen nur die Abdrücke meiner Fingernägel in seinen Pobacken.

„Findest du?", entgegnete mein Liebster etwas skeptisch.

„Die Figur sieht nach ihm aus. Auch die Haare."

„Ist aber ein Paar-Profil", entgegnete Steffen. „Und die beiden hier sind laut Selbstbeschreibung verheiratet. Sieht also nicht nach einer heimlichen Affäre aus, mit der er swingen gehen würde."

„Er hatte doch gesagt, seine Frau könne mit dem Swingen nichts anfangen."

„Ja ja", stimmte mir Steffen nachdenklich zu. „Das hatte er gesagt. Glaubst du wirklich, dass er es ist?"

„Seine Größe und das Alter kämen jedenfalls hin. Und der geile Hintern auch", fügte ich schmunzelnd hinzu. „Außerdem sind es Deutsche, die auf Mallorca leben – genau wie Maik und seine Frau."

„Wenn er es tatsächlich ist, dann hat er zwei Profile im *Joyclub*: eins mit seiner Frau und eins, mit dem er heimliche Liebschaften sucht."

„Nicht ganz fair seiner Frau gegenüber, oder? Warum macht er das, wenn sie mit ihm swingen geht?"

Dafür hatte auch Steffen keine Erklärung. Aber es prickte mich, es herauszufinden. Der Gedanke ging mir nicht aus dem Kopf, und wir sprachen an diesem Abend kaum über etwas anderes. Wenn dieses Profil wirklich Maik und seiner Frau gehörte, dann hatte dieser Mann nicht nur ein Gesicht. Falls wir recht behalten sollten, dann könnte der Clubabend mehrfach spannend werden – so wir denn tatsächlich am Samstag dort hingehen wollten, was noch gar nicht entschieden war.

Als wir uns am nächsten Tag noch einmal die Anmeldungen für den Clubabend ansahen, war das Profil allerdings wieder aus der Liste verschwunden.

„Da war wohl jemand unentschlossen", sagte ich.

„Oder da hat jemand unser Profil in seiner eigenen Besucherliste entdeckt und sich ertappt gefühlt", mutmaßte Steffen.

„Jetzt wissen wir nicht, ob er da auftaucht."

„Nein, das nicht. Gehen wir trotzdem hin?"

„Ich weiß nicht. Eigentlich habe ich nichts zum Anziehen."

Das stimmte. Ich hatte mich auf zwei Urlaubswochen in trauter Zweisamkeit eingestellt und dementsprechend keins von meinen Cluboutfits eingepackt. Ich hatte zwar ein paar nette Dessous dabei, aber in einem Swingerclub trage ich schon gern ein etwas phantasievolleres Outfit als einfach nur Slip und BH. Auch Steffen hatte keins seiner üblichen Outfits im Koffer – obwohl er ja durchaus schon vor dem Urlaub die Möglichkeit eines Clubbesuchs in Betracht gezogen hatte. Manchmal war selbst er ein bisschen planlos – oder ganz einfach viel gelassener als ich.

„Slip und T-Shirt müssen eben mal reichen", sagte er. „Und du siehst in Slip und BH unglaublich erotisch aus."

Ich verzog das Gesicht zu einem schiefen Grinsen, widersprach aber nicht. Immerhin hatte ich schon mehrfach feststellen dürfen, dass ich in meinen Dessous durchaus Blicke auf mich ziehen konnte – vor allem männliche Blicke. Trotzdem bestand ich darauf, vor dem Clubbesuch noch durch die Boutiquen von Palma zu ziehen. Als ich schließlich ein kurzes (ein sehr kurzes) Cocktailkleid mit einem tiefen Wasserfallausschnitt und passende Pumps in der Einkaufstasche hatte, fühlte ich mich schon wohler. Jedenfalls hatte ich nun nichts mehr dagegen einzuwenden, die mallorquinische Swingerszene kennenzulernen.

Begegnung im Swingerclub: Ein Wiedersehen, das nervös macht

Der Club öffnete deutlich später, als wir das aus Deutschland gewohnt waren. Spanische Zeiten waren eben anders. Als wir den Barraum betraten, stellten wir fest, dass wir zwar nicht die Ersten waren, aber doch fast. Wir ließen uns Rotwein geben und verzogen uns in die hintere Sofaecke – in der Hoffnung, alles gut im Blick zu behalten, ohne selbst sofort gesehen zu werden.

Nach und nach trudelten weitere Paare ein, auch zwei einzelne Frauen machte ich aus. Einzelne Männer waren an diesem Abend nicht zugelassen. Schade eigentlich, flüsterte meine Erotikfee. Der Dreier mit Maik war doch ganz heiß gewesen. Ein bisschen auf den Geschmack gekommen war ich dabei tatsächlich. Zwei Männer, die sich ausschließlich um mich kümmerten – das war schon etwas Besonderes. Das würde es heute aber wohl eher nicht geben. Was würde es überhaupt geben in dieser Nacht?

Im Barraum wurde es lauter. Die Gesprächsfetzen, die man aufschnappen konnte, waren eine Mischung aus Deutsch, Englisch und Spanisch – oder wohl auch Katalanisch. Aber das konnte ich von Spanisch keineswegs unterscheiden. Auch vom Alter her war das Publikum bunt gemischt, wobei wir zu den Jüngeren zählten. Mit fiel auf, dass der Dresscode hier recht unterschiedlich gehandhabt wurde. Während manche Paare im Cluboutfit erschienen waren, trugen andere ganz normale Straßenkleidung. Mit meinem neuen Cocktailkleid lag ich irgendwo dazwischen; notfalls würde ich das auch zu anderen Anlässen anziehen können. Naja, vielleicht jedenfalls.

Steffen hingegen hatte sich in Palma trotz meiner Anregung nicht nach einem speziellen Outfit umgesehen, zumindest nicht ernsthaft. Er trug lediglich ein T-Shirt und Boxershorts. Wenn es um die passende

Kleidung ging, war er manchmal ein Banause. Glücklicherweise ließ er sich in diesen Dingen oftmals und durchaus bereitwillig von mir beraten; aber manchmal war er auch ziemlich beratungsresistent. Immerhin sah er trotzdem sehr attraktiv aus an diesem Abend. Shirt und Shorts waren kein formvollendetes Cluboutfit, aber sie waren schwarz und eng geschnitten und mein sportlicher Mann war für weibliche Augen durchaus ein Hingucker.

Nach einer Weile kam ein Paar auf uns zu. Die beiden fragten höflich in holprigem Englisch, ob noch Platz in unserer Sofaecke sei. Wir nickten, und sie setzten sich. Es folgte eine etwas schwerfällige Unterhaltung auf Englisch, das die beiden nicht sonderlich gut beherrschten. Ihre Frage, ob wir vielleicht des Spanischen mächtig seien, mussten wir leider verneinen – ebenso wie sie meine Frage nach Französisch mit Kopfschütteln beantworteten. Nach Schwedisch zu fragen wäre wohl sinnlos, dachte ich und ließ es.

Trotzdem entstand eine angenehme und vor allem lustige Kommunikation. Wir erfuhren, dass die beiden ebenfalls Urlauber waren und aus Saragossa im Norden des spanischen Festlandes kamen. Dies sei für sie der erste Besuch in einem Swingerclub und sie seien entsprechend aufgeregt – was ich beim Gedanken an unser erstes Swingererlebnis acht Jahre zuvor gut verstehen konnte. Sie hätten zwar schon lange über so etwas nachgedacht, aber hier im Urlaub hätten sie nun endlich den Mut gefunden, es tatsächlich auch zu tun. Auf Steffens Frage, was sie sich denn von diesem Abend erwarteten, schauten sie sich gegenseitig an, lächelten und zuckten mit den Schultern. Ich war mir zwar nicht ganz sicher, ob sie Steffens Frage richtig verstanden hatten, ihre Reaktion hätte als Antwort aber durchaus gepasst.

Das war so ungefähr der Moment, in dem ich meinem Liebsten mit dem Ellenbogen sanft in die Seite stieß. Er schaute mich an und ich deutete mit einer Kopfbewegung in Richtung Bar, an der sich soeben ein neu eingetroffenes Paar niederließ: unser Besucher Maik mit einer Frau an der Seite. Seine Frau?

„Schau einer an", sagte Steffen. „Er ist also tatsächlich hier."

„Mit seiner Frau", ergänzte ich.

„Wir wissen nicht, ob es wirklich seine Frau ist", wandte Steffen ein. „Vielleicht ist es auch eine heimliche Geliebte."

Möglich war das natürlich. Aber das Internetprofil der beiden sprach sehr für ein echtes Paar. Auch wie sie sich da an der Bar zueinander verhielten, ließ auf große Vertrautheit schließen. Nein, ich war mir nach einigen Minuten sicher, dass Maik tatsächlich mit seiner Frau erschienen war – ungeachtet seiner Aussage bei unserem Dreier-Treffen. Was hatte er da doch erzählt? Seine Frau könne nichts anfangen mit dem Swingen? War dieser Abend vielleicht der erste Versuch, zu dem er sie überredet hatte? Auch das konnte ich mir nur schwerlich vorstellen. Im Gegensatz zu den beiden höchst unsicher wirkenden Spaniern im Sofa neben uns strahlte die Frau an Maiks Seite viel

Selbstsicherheit aus. Die scheuen Blicke einer Anfängerin konnte ich bei ihr nicht erkennen. Und nach all den Jahren des Swingens hatte ich einen recht guten Blick für Anfänger entwickelt.

Maik hatte uns offensichtlich noch nicht entdeckt. Dafür plauderte er, ebenso wie seine Partnerin, zu leicht und locker mit einem anderen Paar, das sich inzwischen zu ihnen gesellt hatte. Das gab Steffen und mir die Gelegenheit, die beiden ungeniert zu scannen und Vermutungen anzustellen.

Sie waren sexy angezogen – absolut passend für einen Clubabend. Maik trug ein hautenges Netzshirt, das seinen sportlichen Oberkörper gut zur Geltung brachte, dazu ebenso enge Shorts. Die Frau neben ihm trug eine Korsage, die ihre großen Brüste betonte, einen String und halterlose Netzstrümpfe sowie Pumps, die meinen recht ähnlich waren.

„Vielleicht ist sie nur eine gute Freundin, und er benutzt sie als Eintrittskarte für den Paare-Abend", mutmaßte Steffen halb im Ernst und halb im Spaß.

„Quatsch", entgegnete ich. „Einer guten Freundin tätschelt man nicht fortwährend den nackten Oberschenkel und den Po. Die beiden sind mit Sicherheit ein Paar. Und unser lieber Maik hat uns bei unserem Treffen ganz einfach einen Bären aufgebunden."

„Wahrscheinlich ist das so. Ich wüsste nur zu gern, warum."

„Das werden wir herausfinden", sagte ich selbstsicher.

„Werden wir das?"

„Oh ja, das werden wir!", entgegnete ich und spürte beinahe so etwas wie Jagdtrieb in mir.

Die beiden Spanier neben uns verabschiedeten sich. Offensichtlich empfanden sie es als Desinteresse, dass wir wieder Deutsch miteinander sprachen und augenscheinlich ein anderes Paar im Blick hatten. Da waren wir wohl gerade ein wenig unhöflich gewesen, schoss es mir durch den Kopf; ich verscheuchte den Gedanken aber sofort wieder. Jeder hier hatte alles Recht der Welt, seine Aufmerksamkeit dorthin zu lenken, wohin er wollte. Und meine Aufmerksamkeit galt in diesem Moment nun einmal dem Mann dort an der Bar, mit dem ich vor einigen Tagen so heißen Sex gehabt hatte – und natürlich auch der Frau an seiner Seite, die ich nicht kannte. Noch nicht kannte!

Ihre Bi-Neigung stehe im Vordergrund, erinnerte ich mich an einen Satz aus dem Profil der beiden. Nun gut, dachte ich. Das war doch ein Ansatz. Meine Affinität zu anderen Frauen war zwar nicht übermäßig ausgeprägt, aber ich hatte keineswegs etwas einzuwenden gegen ein heißes Erlebnis mit dem eigenen Geschlecht – jedenfalls wenn es die richtige Frau war. Und dieser rote Lockenkopf da neben Maik strahlte etwas aus, das ich mochte. Ich fixierte die Frau mit meinen Blicken, und schließlich bemerkte sie das. Frauen spüren so etwas irgendwann. Männer hingegen konnte man manchmal stundenlang anstarren, ohne auch nur die geringste Wirkung zu erzielen. Die Erfahrung hatte ich schon mehrfach gemacht. Um die Aufmerksamkeit von Männern zu erregen, musste man normalerweise mehr einsetzten als Blicke – was ich beim Swingen dann und wann auch tat.

Als die Frau an Maiks Seite mich bemerkte, schaute sie zu uns herüber, erst dezent, dann ganz direkt. Mir gefielen ihr weicher Blick und die offene Art, wie sie ihren schlanken, aber weiblich wohlgerundeten Körper zu mir drehte, als sich unser Lächeln traf. So beschloss ich eine ernsthafte Kontaktaufnahme. Als ich aufstand (während Steffen sitzen blieb), schaute auch Maik zu uns herüber – und ich erkannte eine deutliche Verunsicherung in seinem Blick. Das Gespräch mit dem anderen Paar, in das Maik gerade noch vertieft gewesen war, verstummte augenblicklich. Sein Gesicht verriet Fassungslosigkeit, für einen Moment geradezu Entsetzen. Ganz offensichtlich hatte er Angst, dass ich ihn mit einer herzlichen Umarmung oder wie auch immer bloßstellen würde.

„Hi, ich bin Kirsten", sagte ich jedoch ausschließlich an seine Frau gewandt, als ich bei den beiden angekommen war und prostete ihr mit meinem Weinglas zu – während ich Maik zunächst völlig ignorierte.

„Sandra", entgegnete sie lächelnd, griff zu ihrem Weinglas und stieß mit mir an.

„Dachte ich mir doch, dass ihr Deutsche seid. Obwohl ich mir bei dir nicht so ganz sicher war, ob du nicht vielleicht ein Spanier bist", fügte ich nun an Maik gewandt hinzu, obgleich der ja noch kein Wort gesagt hatte. Doch dass ich gar nicht wissen konnte, ob er nun Spanier oder Deutscher oder was auch immer war, fiel offenbar niemandem auf.

Sein Blick entspannte sich etwas, wenn auch nicht völlig. Er hatte aus meiner Bemerkung vermutlich den durchaus richtigen Schluss gezogen, dass ich nicht die Absicht hatte, ihn auffliegen zu lassen. Aber würde ich das auch durchhalten, falls wir uns zu viert näherkommen sollten? Würden wir uns zu viert näherkommen? Wollte ich das überhaupt? Natürlich willst du das, flüsterte meine Erotikfee. Beim Gedanken an Maiks Hintern musste ich ihr zustimmen.

„Maik", entgegnete er und blieb in Habachtstellung. „Bist du allein hier?", fragte er, obwohl er inzwischen auch Steffen entdeckt haben musste. Ohne jede Verabredung hatten wir ein kleines Theaterspiel für seine Frau begonnen.

„Nein", sagte ich harmlos und deutete in Richtung Sofaecke. „Mein Liebster sitzt da drüben. Der Mann mit dem Stoppelbart und dem Rotweinglas."

Wir schauten alle zu ihm hinüber und Steffen nickte lächelnd, bevor er endlich aufstand und sich ebenfalls zu uns gesellte. Es entstand eine lockere Unterhaltung zu viert, wie wir sie schon oft an der Bar eines Swingerclubs erlebt hatten. Das andere Paar, mit dem die beiden kurz zuvor gesprochen hatten, wurde von Sandra und Maik nicht mehr weiter beachtet – ebenso wie wir uns kurz zuvor von den beiden Spaniern in der Sofaecke abgewandt hatten. Kontakte im Club waren oft sehr kurzlebig und kamen manchmal über einen flüchtigen Smalltalk nicht hinaus.

Unsere Unterhaltung zu viert hier an der Bar wurde hingegen recht anregend, auch wenn Maik zuweilen eher wortkarg blieb und uns noch immer etwas misstrauisch beobachtete. Als seine Frau gerade nicht hinschaute, zwinkerte ich ihm verschwörerisch zu. Er sollte wissen, dass wir keineswegs vorhatten, ihn zu verraten. Warum auch? Dennoch spürte ich, dass Maik sich nicht wohlfühlte in der Situation, was ich gut verstehen konnte. Aber da musste er jetzt durch, flüsterte grinsend die Teufelin in mir.

Er machte jedoch auch keine Anstalten, sich von uns abzuwenden – vermutlich auch deshalb, weil zwischen Sandra und mir sehr schnell ein Draht entstanden war, den er nicht stören wollte. Immerhin, dachte ich. Mit seinem Fremdgehen hatte er sich als Egoist erwiesen, hier aber nahm er Rücksicht auf seine Frau. Nun ja, was blieb ihm auch übrig?

Beim Essen erfuhren wir manches mehr von den beiden. Sie lebten bereits seit vier Jahren hier auf der Insel. Beide verdienten ihr Geld mit Touristen, Sandra als Reiseleiterin, Maik vorrangig mit Tauchkursen und anderen sportlichen Aktivitäten für die Urlauber. Damit könne man zwar nicht reich werden, aber immerhin reiche es, um auf der Lieblingsinsel leben zu können.

„Wir sind hier inzwischen ganz gut angekommen, haben Freunde, sowohl Deutsche als auch Spanier", erzählte Sandra.

„Und wie ist so die Swingerszene?", fragte Steffen.

„Ach naja, es gibt ein paar Clubs und natürlich auch immer mal wieder die Möglichkeit für ein privates Date. Aber wir sind vermutlich etwas speziell. Das macht die Sache schwierig."

„Speziell?", hakte ich nach.

„Was uns treibt, ist meine Neigung zu anderen Frauen", sagte Sandra und schenkte mir ein besonders warmes Lächeln.

Oha, dachte ich. Das war kein Lächeln, das war eine Einladung. Ich lächelte zurück, wenn auch etwas dezenter als sie.

„Aber das ist doch nicht alles, oder?", warf Steffen ein.

„Eigentlich schon", erwiderte Maik.

„Das heißt, Sandra lebt ihre Bi-Neigung aus und Maik schaut nur zu?", fragte Steffen erstaunt.

„So ungefähr", murmelte Maik.

„Ist das nicht unbefriedigend für dich?", fragte Steffen an ihn gewandt.

„Ach naja, das will ich nicht sagen. Ich bin ja auch ein Voyeur. Ich schaue anderen gern beim Sex zu, und wenn Sandra was mit einer anderen Frau hatte, dann haben wir zwei anschließend meist auch sehr geilen Sex."

„Ich sag ja, wir sind speziell", ergänzte Sandra und wurde plötzlich viel offener, als ich das erwartet hätte. „Es gibt bei uns ein gewisses Eifersuchtsproblem. Ich weiß, das ist in der Szene eigentlich ein No-Go, aber wir sind nun einmal nicht frei davon. Wir beide nicht. Aber Maik hat kein Problem damit, wenn ich Sex mit einer anderen Frau habe. Und das ist natürlich toll, dass er mir das immer wieder zugesteht. Sex mit einem anderen Mann hatte ich bei unseren Ausflügen noch nie. Und Maik auch nicht mit einer anderen Frau."

Ach, dachte ich und konnte mir ein ironisches Grinsen in Richtung Maik nicht verkneifen, der aber meinem Blick auswich und stattdessen sehr sorgfältig die Essensreste mit einem Stück Weißbrot vom Teller wischte – obgleich der längst sauber war.

Eifersucht, dachte ich. Das lieferte immerhin eine Erklärung für Maiks Verhalten. Er hatte Lust zum Swingen, schaute gern dabei zu, wie seine Frau ihre Bi-Neigung auslebte – und sollte selbst niemals seine Hand nach einer anderen Frau ausstrecken. Schwer vorstellbar, dass ein Mann so etwas auf Dauer durchhielt. Schon gar nicht so ein Testosterongeschütz wie Maik.

„Das heißt, du könntest dir nicht vorstellen, dass Maik mal Sex mit einer anderen Frau hat?", fragte ich Sandra, als wir zwei nach dem Essen mal gemeinsam ins Bad verschwanden.

Sie überlegte einen Moment, wiegte den Kopf hin und her und sagte schließlich: „Offen gestanden, ist eher Maik das Problem. Er ist ein Voyeur und findet es geil, wenn ich was mit einer anderen Frau mache. Aber er will partout nicht, dass mich auch ein anderer Mann anfasst."

„Und wie wäre es für dich, wenn er etwas mit einer anderen Frau hätte?"

„Ich würde das gar nicht ausschließen. Allerdings würde ich dann auch gern mal einen anderen Mann spüren. Gleiches Recht für beide. Das weiß er auch, und deshalb lässt er es."

„Aber für dich steht deine Bi-Neigung im Vordergrund, wenn ich das recht verstanden habe?"

„Ja, naja, das steht so in unserem Profil. Aber das wollte Maik da unbedingt reinschreiben. Ich habe zwar viel Lust auf andere Frauen, aber ich kann kaum abstreiten, dass ich es auch gern mal mit einem anderen Mann tun würde."

„Und weil Maik nicht will, dass du mit einem anderen Mann Sex hast, verzichtet er lieber selbst auf eine andere Frau?"

„Ja, so ist der Stand der Dinge."

Oder auch nicht, fügte ich in Gedanken hinzu. Offensichtlich, so schoss es mir durch den Kopf, ahnte Sandra nicht einmal, dass ihr lieber Mann seine eigene Lust auf fremde Haut durchaus befriedigte – nur eben heimlich und ohne sie. Doch dieser Gedanke war ihr gar nicht so fremd, wie ich zunächst vermutet hatte.

„Ich bin mir allerdings nicht ganz sicher, ob Maik nicht doch mal fremdgeht", sagte sie schließlich etwas nachdenklich. „Diese ganzen Tauchschülerinnen, die er ständig um sich hat – wer weiß schon, was passiert, wenn er denen in den Neoprenanzug hilft. Er ist ja durchaus der Typ Mann, bei dem eine Frau zweimal hinguckt."

„Kann ich bestätigen", erwiderte ich.

„Und dass er verheiratet ist, dürfte doch für kaum eine Touristin ein Grund sein, sich von einem Abenteuer mit einem attraktiven Mann abhalten zu lassen.

Oder würdest du einen Mann wie Maik verschmähen, nur weil er einen Ring am Finger hat?"

Natürlich war das eine rhetorische Frage. Trotzdem fühlte ich mich bei dem Gedanken, was ja bereits in unserer Ferienwohnung passiert war, irgendwie ertappt – auch wenn Sandra sicher nicht die geringste Ahnung davon hatte. Wobei ich mich zu erinnern versuchte, ob Maik bei unserem ersten Kaffeedate überhaupt einen Ring getragen hatte. Ich wusste es nicht mehr. Aber dass er verheiratet war, hatte er ja durchaus zugegeben – und es hatte mich keineswegs davon abgehalten, mit ihm zu schlafen. Da hatte Sandra schon recht. Statt etwas zu entgegnen fiel mir nur ein leicht verlegenes Lächeln ein.

„Wobei es nicht nur die Tauchkurse sind", setzte sie nach. „Es gibt immer wieder so kleine Hinweise, die mich stutzig machen. Grad vor ein paar Tagen kam er mal wieder nach Haus und ich hatte den Eindruck, als habe er den Duft eines Parfums an sich, das ich nicht kannte. Ein sehr weiblicher Duft. Nur so eine vage Wahrnehmung, weißt du? Aber trotzdem saß mir dann dieser Gedanke den ganzen Abend quer im Kopf. Obwohl es ja vielleicht eine ganz harmlose Erklärung gegeben hätte."

Oh oh, murmelte die Mahnerin in mir, und ich fragte mich, ob Sandra vielleicht auch die Spuren meiner Fingernägel auf Maiks Hinterteil aufgefallen waren. Doch davon sagte sie nichts. Stattdessen fuhr sie fort:

„Und dann hatte er an dem Abend auch noch ein langes blondes Haar auf dem Hemd."

„Ein blondes Haar?", fragte ich irritiert zurück.

„Ja, genauso blond wie deine", entgegnete Sandra.

Doch in ihrer Stimme schwang keineswegs Skepsis mir gegenüber mit. Sie war gedanklich nun wohl sehr bei ihrem Mann und den geradezu klassischen Indizien männlicher Untreue. Wie hätte Sandra auch darauf kommen sollen, dass es höchstwahrscheinlich tatsächlich mein Haar gewesen war, das sie auf dem Hemd ihres Mannes entdeckt hatte? Trotzdem wurde ich innerlich immer nervöser, ließ mir das aber nicht anmerken – hoffte ich zumindest.

„Hast du ihn darauf angesprochen?", fragte ich.

„Auf keinen Fall. Ich bin doch nicht die eifersüchtige Ehefrau, die an ihrem Mann herumschnüffelt, um ihm dann eine Szene zu machen."

Das ist gut, dachte ich. Und es war gut, dass ich für diesen Abend ein anderes Parfum aufgelegt hatte als bei Maiks Besuch.

„Ich glaube, ihr solltet es einfach mal tun", sagte ich.

„Was tun?"

„Partnertausch – und dann schauen, was das mit euch macht."

Sandra sah mich mit ihren großen, dunklen Augen an – ziemlich lange und sehr durchdringend. In ihrem Blick lag eine Mischung aus Lust, Nachdenklichkeit und Bedauern. Ein seltsamer Blick, der schließlich durch das Runzeln ihrer Stirn und das Schütteln ihres Kopfes abgelöst wurde.

„Sag das mal Maik", erwiderte sie seufzend. „Wenn ich einen anderen Mann zwischen meine Beine lasse, flippt der aus."

Der Mann ist ganz schön schizophren, dachte ich beim Gedanken an seinen Besuch bei uns. Und plötzlich war es mir eine gewisse Genugtuung, dass Maik durch unsere Anwesenheit an diesem Abend nervös geworden war. Immerhin eine kleine Strafe für die Heimlichkeiten gegenüber seiner wundervollen Frau. Das ist mehr als angemessen, raunte die Mahnerin in mir.

„Hättest du denn Lust, es mal zu tun?", hakte ich nach.

Wieder wiegte Sandra einen Augenblick den Kopf, aber ich hatte das Gefühl, diesmal mehr um den Schein zu wahren. Jedenfalls war ihr Blick wesentlich offener und längst nicht mehr so abwehrend wie noch einen Augenblick zuvor.

„Ja, doch, ich glaube schon", sagte sie schließlich sehr langsam. „Jedenfalls wenn es der richtige Mann wäre."

„Vielleicht jemand wie Steffen?", konnte ich mir nicht verkneifen nachzufragen.

„Ja, vielleicht jemand wie dein Steffen", bestätigte sie, wobei sich ihr Blick in ein verschmitztes Lächeln verwandelte. „Vielleicht … "

Wir gingen zurück zu den Männern und beschlossen, alle gemeinsam einen Streifzug durch den Club zu unternehmen. Sandra und Maik waren schon mehrfach hier gewesen und gaben uns eine Führung. Es begegneten uns die beiden Spanier aus der Sofaecke, die unschlüssig umherstreiften und offenbar noch keinen Anschluss gefunden hatten – und das vielleicht auch noch gar nicht wollten. Wir grüßten sie freundlich und gingen an ihnen vorüber. Hier und da war bereits etwas los auf den Spielwiesen; vor einer blieben wir stehen und schauten zu.

Es war keine wilde Orgie, die wir da sahen, sondern eher ein zärtliches Nebeneinander von zwei Paaren, wobei sich jeder mit dem eigenen Partner beschäftigte – bis schließlich einer der Männer seine Hand zu der fremden Frau ausstreckte und sie zu streicheln begann. Erst am Arm, dann an der Schulter, schließlich an den Brüsten. Der Klassiker, dachte ich. So begann es häufig auf einer Spielwiese, wenn zwei Paare sich nicht kannten. Da die angefummelte Frau es geschehen ließ, vermutete ich, dass auch bald andere Hände zu fremden Körpern wandern würden. Ich sollte recht behalten. Es entstand bei den beiden Paaren dort auf der Spielwiese ein munteres Durcheinander, das aber zunächst auf der Fummelebene blieb.

Das war ungefähr der Moment, in dem Steffen begann, meine Brüste zu streicheln. Er hatte sich hinter mich gestellt und nahm sie in beide Hände. Ich lehnte mich leicht gegen ihn, spürte seine Erektion an meinem Po und genoss seine Liebkosungen. Aus den Augenwinkeln nahm ich wahr, dass Maik das gleiche mit seiner Frau tat. Dabei flüsterte er ihr etwas ins Ohr, das ich aber nicht verstehen konnte. Ich nutzte den Moment und sagte leise zu Steffen:

„Irgendwann heute Nacht musst du es mit Sandra tun."

„Glaubst du etwa, dazu hätte ich keine Lust? Aber wir haben ziemlich klare Ansagen bekommen. Sie wird nicht wollen. Und er würde ausrasten."

„Sie wird wollen. Und er wird es hinnehmen. Vertrau mir."

Er schaute mich fragend an und zuckte mit den Schultern.

„Na ihr zwei, was flüstert ihr im Verborgenen?", fragte Sandra leise, erwartete aber wohl keine Antwort. Stattdessen streckte sie eine Hand nach mir aus. Sie streichelte meine Wange und ließ ihre Finger durch meine Haare und über mein Gesicht gleiten. Ich öffnete die Lippen und küsste ihren Mittelfinger, leckte daran, nahm ihn in den Mund und saugte sanft daran. Das fasste sie offenbar als Einladung auf. Sie zog ihren Finger aus meinem Mund zurück und küsste mich auf die Lippen. Das fühlte sich ebenso warm und weich an wie ihr Lächeln, das sie mir heute Abend schon mehrfach geschenkt hatte. Ich erwiderte ihren Kuss und umarmte sie. Währenddessen bemerkte ich, dass Steffen, der noch immer hinter mir stand, die Träger meines kurzen Kleides über meine Schultern schob. Als ich mich wieder von Sandra löste, rutschten die Träger über die Arme hinab, und mit ihnen fiel das ganze Kleid zu Boden. Da ich auf einen BH verzichtet hatte, trug ich nun nur noch meinen String und die Pumps.

Sandra beugte sich zu mir, nahm meine Brüste in die Hände und küsste sie. Zärtlich leckte sie daran und verwöhnte hingebungsvoll meine Brustwarzen, während ich meine Hände zu den Verschlüssen ihrer Korsage gleiten ließ. Langsam öffnete ich diese – was allerdings nicht ganz einfach war. Warum zogen mache Frauen für eine Nacht im Swingerclub nur Sachen an, die sich so schwer an- und ausziehen ließen, schoss es mir durch den Kopf. Da neigte ich zu praktischeren Outfits. Schließlich aber gelang es mir (auch mit Maiks Hilfe), seine Frau aus dem engen Teil zu befreien, so dass auch sie nun oben ohne war. Ich küsste Sandra erneut, umarmte sie und spürte ihre große Oberweite auf meinen Brüsten. Meine Lust auf sie wurde größer. Und ich spürte, dass auch sie mich wollte.

Trotzdem konnte ich nicht widerstehen, meine Hand über sie hinweg zu Maik auszustrecken und ihn an der Schulter zu streicheln. Er schaute mich verblüfft an. Ganz offensichtlich hatte er erwartet, dass hier jetzt eine Lesbonummer entstehen würde, die er lediglich beobachten wollte. Nach all dem, was die beiden uns erzählt hatten, hätte ich nun eigentlich erwarten müssen, dass Maik meine Hand freundlich zurückwies. Aber er tat es nicht, und ich ließ meine Hand unter sein Netzhemd gleiten. Er ließ es geschehen, blieb aber weiterhin passiv – zu meiner Enttäuschung ebenso wie Steffen, der noch immer hinter mir stand und sich darauf beschränkte, sich an mich zu drücken.

Ich stieß ihn dezent mit meinem Po an, dann noch mal und noch mal. Endlich verstand er und ließ eine Hand über mich hinweg zu Sandras Schulter wandern. Sie schaute ihn mit großen Augen an, schluckte, und ich spürte, wie ihre streichelnden Hände auf meiner Haut plötzlich innehielten. Ihr ganzer Körper schien durch die Berührungen meines Liebsten in eine Starre zu verfallen. Trotz unseres Gesprächs auf der Toilette, bei dem sie ja durchaus Interesse an Steffen hatte erkennen lassen, schien sie nun überrascht zu sein. Vermutlich wusste sie nicht so recht, wie sie reagieren sollte. Also reagierte sie zunächst einmal gar nicht.

Noch erstaunter allerdings war Maiks Blick, als er sah, wie Steffens Hand zu Sandras Brüsten wanderte und sie ihn nicht zurückwies. Ich sah, dass er hin- und hergerissen war. Offenbar wusste er nicht, wie er mit seiner Mischung aus Erregung und Eifersucht umgehen sollte. Er war mit Sicherheit versucht, Steffens Hand von seiner Frau fortzuschieben, wagte es aber wohl nicht. Du nutzt seine Angst aus, dass ihr sein Geheimnis verraten könntet, raunte die Mahnerin in mir. Ganz und gar nicht, flüsterte meine Erotikfee, du löst lediglich das aus, was die beiden längst wollen und sich bisher nur nicht getraut haben. Vermutlich war beides nicht ganz falsch.

Ich beschloss, etwas forscher zu werden, wandte mich Maik ganz zu und umarmte ihn. Während ich mich eng an ihn schmiegte, machte Steffen das Gleiche mit Sandra, die das bereitwillig geschehen ließ. Mehr als bereitwillig, hatte ich sogar den Eindruck.

Ihre anfängliche Erstarrung unter den Händen meines Mannes verflog immer mehr. Sie schlang ihre Arme um seinen Nacken und drückte sich eng ihn, während Steffen seine Hände auf ihren Po legte, die diesen sanft und dann immer deutlicher massierten.

„Was wird das hier?", flüsterte mir Maik mit einer Stimme ins Ohr, die große Unsicherheit verriet.

„Weiß nicht, mal sehen", entgegnete ich ebenso leise und in einem möglichst gelassenen Tonfall: „Jedenfalls etwas, das deiner Frau offensichtlich gut gefällt."

Das war zweifelsohne der Fall. Während Steffens Hände Sandras Pobacken fest im Griff hielten, kaute sie an seinem Ohrläppchen, küsste seine Wange und schließlich fanden ihre Lippen auch seinen Mund. Ihr Kuss war zunächst flüchtig, beinahe scheu, wurde dann aber inniger und schließlich geradezu gierig. Ihre Zungen spielten miteinander, die beiden lösten sich ganz kurz voneinander, sahen sich in die Augen, aber nur, um in der nächsten Sekunde erneut zu einem wilden Zungenkuss zusammenzufinden.

Maik betrachtete das Spiel zwischen seiner Frau und meinem Mann ebenso aufmerksam wie ich. In seinem offensichtlichen Schwanken zwischen Eifersucht und Erregung gewann schließlich immer mehr letzteres. Jedenfalls drückte er sich mehr und mehr an mich und ich spürte seine Erektion. Na bitte, lächelte meine Erotikfee zufrieden. Trotzdem nahm ich wieder ein klein wenig Abstand von ihm – allerdings nur, um ihm sein Hemd über den Kopf streifen zu können. Als Sandra das sah, zog auch sie Steffen das Shirt aus und ließ ihre Finger über seinen glatten Oberkörper streichen – um im nächsten Augenblick ihre nackten Brüste an seine Haut zu drücken. Als Steffen schließlich seine Finger in ihren Slip gleiten ließ, stöhnte Sandra lustvoll auf.

Doch während sie sich nun ganz auf meinen Liebsten einließ und von Maik und mir weiter keine Notiz mehr nahm, schaute ihr Mann noch immer irritiert auf die Szene, die sich ihm bot. Sein Blick wanderte zwischen den beiden und mir hin und her. Endlich aber ließ auch er sich mehr und mehr auf mich ein. Ich spürte seine Hände, die meinen Körper zu erforschen begannen: Sie wanderten über meinen Rücken, meinen Po und dann auch in dieses winzige Nichts von Stoff, das ich noch trug. Als Steffen Sandra den String auszog, schoben sich auch Maiks Finger zwischen meine Beine. Schließlich lag nicht nur Sandras, sondern auch mein Slip am Boden, und mit einer gewissen Genugtuung sah ich, wie kurz darauf Steffens Shorts daneben landeten. Sandra war mutiger geworden, sie hatte ihn ausgezogen, hielt nun Steffens großen, steifen Schwanz in der Hand und rieb sanft daran. Auch ich zog Maik die Shorts aus und überlegte, ob ich ihn blasen sollte. Aber vielleicht wäre das jetzt in diesem Moment ein Schritt zu viel, dachte ich und ließ es.

„Lasst uns da reingehen", hörte ich Steffens Stimme.

Er deutete auf die Spielwiese, vor der wir standen, und wir folgten seiner Aufforderung wortlos. Im nächsten Moment fanden wir uns auf den Matten wieder – Maik und ich in küssender Umarmung, während Steffen seinen Kopf in Sandras Schoß vergrub. Was hatte sie doch vorhin im Bad gesagt? Wenn sie einen anderen Mann zwischen ihre Beine lassen sollte, würde ihr Mann ausrasten? Niemand rastete hier aus. Im Gegenteil. Maik war hoch erregt. Der Schwanz, den ich da in der Hand hielt, hätte keinesfalls härter sein können. Und als Maik sich dann auch noch zu seiner Frau wandte und sie küsste, wusste ich, dass wir den beiden mit unserer Überrumpelung nichts Böses getan hatten.

Ich störte ihre Zärtlichkeit nicht, sondern beugte mich in Maiks Schoß und spielte mit seinem Schwanz. Schließlich nahm ihn in den Mund. Jetzt, so war mir klar, durfte ich das machen, ohne weitere Irritationen auszulösen. Während ich ihn blies, leckte Steffen noch immer Sandras Muschi. Ob sie wohl auch Steffens Schwanz blasen würde? Sie machte keine Anstalten in der Richtung. Wie auch? Maik hielt sie umarmt und küsste sie heftig und verlangend. Die Teufelin in mir prickte es, Steffens Schwanz in ihrem Mund sehen zu wollen, und ich mischte mich schließlich doch in Sandras und Maiks Knutscherei ein. Ich gab ihr einen Kuss auf die Wange, sie stieg darauf ein, küsste mich, unsere Zungen spielten miteinander, aber nur kurz, dann küsste ich Maik, diesmal aber deutlich länger. Steffen kam dazu, zog Sandra zu sich, küsste sie, und ich bemerkte, wie sich ihre Finger zu seinem Schwanz tasteten.

„Blas ihn", flüsterte ich Sandra leise ins Ohr. „Das liebt er."

Steffen hatte nun wohl den gleichen Gedanken wie ich, denn er drückte Sandras Kopf sanft in seinen Schoß – wohin sie offensichtlich nur zu gern abtauchte. Ihre Lippen tasteten sich küssend durch die enthaarte Region rund um Steffens Schwanz, schließlich küsste sie das steife Teil, das sie in der Hand hielt, leckte vorsichtig daran und betrachtete es mit großen Augen. Ich sah ihr an, dass sie die Größe, die sie da vor sich hatte, faszinierte. Ob sie wohl schon einmal einen so großen Schwanz in der Hand gehabt hatte? Oder gar im Mund oder in der Muschi? Steffens Penis war zwar kein Monsterding, wie man es manchmal in Pornofilmen sah, aber er war größer als die meisten Schwänze und im steifen Zustand doch recht eindrucksvoll – was augenscheinlich auch auf Sandra nicht ohne Wirkung blieb. Oder lag ihre Faszination schlicht und einfach an dem Umstand, dass sie da einen fremden Schwanz vor sich hatte? Vielleicht an beidem.

Als sie ihn schließlich in den Mund nahm, machte sie das sehr vorsichtig – gerade so, als sei sie sich nicht sicher, ob das überhaupt gehen würde. Natürlich ging es, so riesig war er ja auch wieder nicht. Sie ließ ihn sehr, sehr langsam tiefer zwischen ihre Lippen gleiten, umfasste ihn gleichzeitig mit einer Hand und bewegte dann ihren Kopf auf und ab, wobei sie ihn immer weiter, immer tiefer in sich aufnahm. Ich sah an Steffens Gesicht, dass sie das ausgesprochen gefühlvoll machte und er es sehr genoss. Oh ja, diesen verklärten Gesichtsausdruck meines Liebsten kannte ich gut.

Maik und ich verharrten in diesem Moment Wange an Wange, und schauten gemeinsam auf Steffens Schwanz in Sandras Mund. Sein Blick klebte geradezu an dem, was seine Frau da zwischen den Beinen meines Mannes tat, und auch ich konnte mich der Faszination dieses Anblicks kaum entziehen. Trotzdem wurde ich wieder aktiv, tauchte in Maiks Schoß und begann erneut, seinen Schwanz zu blasen. Einerseits, weil ich große Lust dazu hatte, andererseits aber auch, weil der Mann nicht auf komische Gedanken kommen sollte bei dem, was er da sah.

„Ja, ja, jaaaaa …", hörte ich ihn stammeln, als ich ihn tief in meinen Mund gleiten ließ. Offenbar gefiel auch ihm, was ich tat. Aus den Augenwinkeln schaute ich zu Sandra, sie sah mich an, und wir blinzelten uns zu. Da sie nur wenige Zentimeter von mir entfernt war, konnte ich nicht widerstehen, Maiks Schwanz kurz aus meinem Mund zu entlassen und Sandra zu küssen. Kurz, aber heftig. Danach bliesen wir beide weiter.

Allerdings hatte ich bald den Eindruck, dass ich Maik mehr verwöhnte als gut war. Schließlich wollte ich ihn nicht zum Orgasmus bringen – jedenfalls noch nicht. Deshalb hörte ich irgendwann mit dem auf, was ich da tat. Ich ließ mich auf den Rücken fallen, öffnete meine Beine, sah ihm in die Augen und formte meine Lippen zu einem „leck meine Muschi" – ganz ähnlich, wie ich es vor ein paar Tagen in unserer Ferienwohnung getan hatte. Nur dass diesmal kein Ton über meine Lippen kam. Aber ich wusste, dass er mich auch so verstand. Würde er auch diesmal widerstehen können?

Er konnte nicht. Sein Kopf vergrub sich zwischen meinen Beinen, seine Zunge tauchte zwischen meine Schamlippen und fand den Weg zu meinem Kitzler. Er leckte mich gierig und steckte mir zudem erst einen, dann zwei Finger in die feuchte Muschi. Er war beinahe etwas zu heftig, aber nur beinahe, und ich drückte ihm meinen Schoß entgegen. Steffen war normalerweise sanfter, gefühlvoller. Aber der kannte mich natürlich auch weit besser und wusste genau, wie ich reagierte. Trotzdem war es sehr lustvoll, was Maik mit mir tat. Ich ließ meine Hände in seine Haare gleiten, um ihm zu signalisieren, dass er nur nicht aufhören sollte – was er aber wohl auch nicht vorhatte. Er leckte und fickte mich mit seinen Fingern, bis ich dieses wundervolle Zittern eines nahenden Orgasmus spürte. Kurz darauf kam ich.

Erst jetzt nahm ich wieder wahr, dass Sandra noch immer Steffens Schwanz im Mund hatte und ihn hingebungsvoll verwöhnte. Wollte sie ihn zum Spritzen bringen? Ich konnte mir kaum vorstellen, dass sie ihn nicht auch noch in sich spüren wollte. Aber möglicherweise wagte sie es nicht – auch wenn es inzwischen eigentlich undenkbar geworden war, dass ihr Mann nun noch dazwischengehen würde. Aber wer wusste das schon? Mit getauschten Partnern zu fummeln, zu knutschen und sich mit Lippen und Zungen zu verwöhnen, war eine Sache. Mit den jeweils anderen auch noch zu vögeln war jedoch etwas anderes. Es war noch ein Schritt weiter, und wir hatten im Laufe unseres Swingerlebens schon so manche Paare getroffen, die (anders als wir) so weit dann nicht mehr gehen wollten. Würde das wohl ein Schritt zu weit sein für die beiden? Ich wollte es wissen.

Ich drehte mich um und streckte Maik meinen Po entgegen. Ich ahnte, er wollte mich ficken. Ich hatte nur zu gut in Erinnerung, wie er es beim Treffen in der Ferienwohnung mit mir getan hatte. Doch würde er auch seiner Frau zubilligen, es mit einem anderen Mann zu tun? Mit meinem Mann?

Obwohl er genau wissen musste, dass er Sandra damit diesen Freibrief ausstellte, zog er sich jetzt ein Kondom über den Schwanz und war im nächsten Moment hinter mir und in mir. Augenscheinlich hatte er nicht lange nachgedacht – und das war auch gut so. Er stieß seinen Schwanz tief in mich hinein, während er meine Pobacken mit beiden Händen festhielt. Beinahe so, als wolle er sicherstellen, dass ich mich ihm nicht entziehen würde. Aber natürlich hatte ich das auch nicht vor. Im Gegenteil. Seine Stöße waren geil, und ich streckte ihm meinen Po entgegen, um sie tief in mich aufzunehmen.

Kaum hatte er begonnen, mich zu ficken, ließ Sandra Steffens Schwanz aus ihrem Mund herausgleiten. Sie starrte mich an, gleichermaßen ungläubig wie fasziniert, hatte dabei noch immer Steffens Schwanz in der Hand, rieb ihn aber nur noch sehr langsam, beinahe wie in Trance – mit einem Blick, der mehrfach zwischen Maik und mir sowie Steffens Schwanz hin- und herwanderte. Anders als ihr Mann schien sie in diesem Augenblick sehr wohl darüber nachzudenken, wie weit dieser Partnertausch überhaupt gehen sollte. Zumindest schien sie einigermaßen überrascht zu sein von dem, was sie nun sah.

Schließlich aber legte sie sich auf den Rücken und öffnete die Beine, womit sie Steffen ihre Muschi offen präsentierte. Na also, flüsterte meine Erotikfee. Sie will es, und sie tut es. Oder genauer gesagt: Sie ließ es mit sich tun. So wie sie da jetzt lag, war sie einfach nur eine einzige Einladung. Ihr Körper, ihre Haltung, ihr Blick, ihre ganze Erscheinung sagten überdeutlich: Nimm mich! Da gab es keinen Zweifel. Steffen griff zu einem Kondom, zog es sich über und lag im nächsten Augenblick zwischen ihren Oberschenkeln. Nun war er nicht nur mit dem Kopf in ihrem Schoß – und kein Maik rastete aus. Im Gegenteil. Als die beiden zu vögeln begannen, erhöhte Maik sogar noch sein eigenes Tempo in mir. Ich genoss seine Stöße, und ich genoss den Anblick, der sich mir bot.

Es hatte mich schon immer erregt, meinen Liebsten beim Sex mit einer anderen Frau zu beobachten. Es war heiß, Steffens knackigen Po zwischen Sandras angewinkelten Beinen zu sehen. Ich wusste ja sehr gut, wie er sich anfühlte und lächelte Sandra zu. Doch sie bemerkte das nicht, sie war ganz bei sich und bei Steffen, schloss ihre Augen, und ich sah, wie sich ihr Becken im Rhythmus seiner Stöße mit bewegte. Es dauerte nicht lange, bis es ihr kam. Im Augenblick des Höhepunkts klammerte sie ihre Beine um seine Hüften und drückte ihre Fingernägel in seinen Rücken. Erst nach und nach löste sich anschließend ihre Verkrampfung wieder. Ich ahnte, dass Sandra einen gigantischen Orgasmus erlebt haben musste.

Als ihr Höhepunkt abgeebbt war, öffnete sie die Augen – nicht allmählich, sondern schlagartig. Sie sah sich um und drückte zu meiner Überraschung Steffen von sich herunter. War Sandra plötzlich zum Bewusstsein gekommen, was sie tat und wollte es wieder beenden? Für einen Moment schien es so. Doch meine Befürchtung sollte sich nicht bewahrheiten. Sie war keineswegs dabei, unser Treiben zu stoppen – im Gegenteil. Sie kniete sich neben mich und streckte Steffen ihren Po entgegen. Er nahm die neuerliche Einladung an, kniete sich hinter sie und nahm sie auf die gleiche Weise, wie Maik es noch immer mit mir tat. Ich hatte den Eindruck, dass beide Männer sich auf einen ähnlichen Rhythmus einschwangen.

Ich küsste Sandra, doch unsere Zähne stießen dabei zusammen und wir mussten lachen. So etwas passierte mir nicht zum ersten Mal. Wenn ich von hinten genommen wurde, dann konnte ich meine eigenen Bewegungen nie völlig kontrollieren. So überließ ich mich erneut dem prickelnden Gefühl, von einem heißen Mann gefickt zu werden, der nicht mein eigener war. Und ich genoss die Hände, die mich währenddessen immer wieder anfassten – und die keineswegs allein zu dem Mann gehörten, der hinter mir kniete.

Es dauerte nun nicht mehr lange bis es auch Maik kam. Ich spürte seinen zuckenden Orgasmus in mir und ahnte, dass er eine große Menge Sperma ins Kondom spritzte. Als er sich schließlich aus mir zurückzog und ich mich zu ihm umdrehte, sah ich, dass ich recht gehabt hatte. Das Gummi war gut gefüllt und er lächelte mich zufrieden und schwer atmend an. Ich küsste ihn, wandte mich dann aber Sandra und Steffen zu, die noch nicht so weit waren.

Ich hatte auch nicht den Eindruck, dass es ihr in dieser Stellung erneut kommen würde – und beschloss, ihr zu helfen. Ich legte mich auf den Rücken und schob mich verkehrtherum unter sie. Direkt vor meinen Augen sah ich nun Steffens Schwanz, der in sie hineinstieß. Mit der Zunge tastete ich mich zu ihrem Kitzler und begann, sie zu lecken. Offensichtlich war das genau der zusätzliche Reiz, den sie nun brauchte. Jedenfalls dauerte es nicht lange, bis sie einen zweiten Höhepunkt erlebte – diesmal ganz sanft, aber ihr Zittern wollte kaum enden. Ich blieb einfach liegen und betrachtete Steffens fickenden Schwanz. Es war nur zu deutlich, dass auch er gleich soweit war. Wie zuvor Maik in mir, kam auch Steffen in ihr, und auch sein Kondom war prall gefüllt, als er sich schließlich aus ihr zurückzog. Sandra ließ sich zur Seite fallen und blieb keuchend auf dem Rücken liegen.

Alle vier waren wir ausgepowert und verschwitzt vom Sex. Sandra und Maik sahen sich an, berührten sich dabei aber nicht. Die Blicke, die sich tauschten, verrieten eine Mischung aus Faszination und Hilflosigkeit. Sie hatten den Sex mit uns zweifellos als geil erlebt – waren aber weit über ihre bisherigen Grenzen hinausgegangen und wussten nun wohl nicht so recht, wie sie damit umgehen sollten. Vor allem Maik war augenscheinlich irritiert – nun offenbar noch mehr als zu Beginn unseres Vierers. Ein anderer Mann hatte mit seiner Frau geschlafen. Und die hatte ihn auch noch regelrecht eingeladen, es zu tun. Das alles passte nicht in sein Weltbild (anders als wohl sein eigenes heimliches Fremdgehen). Aber schließlich hatte Sandra nichts anderes getan als er selbst. Kein Grund also für schwere Gedanken – so zumindest dachte ich. Ganz sicher war ich mir nun allerdings doch wieder nicht, ob er das genauso sah.

Ich hatte jedoch nicht die Absicht, das jetzt analysieren zu wollen. Dafür war ich noch viel zu aufgeheizt von dem heißen Erlebnis. Aufgeheizt und keineswegs befriedigt. Ein Orgasmus reichte mir selten bei solchen Erlebnissen. Und ich ahnte, dass auch Sandra noch mehr wollte. Ihre Augen wandten sich von Maik ab und suchten meinen Blick. Ich sah sie an, neigte mich zu ihr, küsste sie und spürte im nächsten Augenblick ihre Finger an meiner Muschi. Ganz automatisch schob auch ich meine Hand zwischen ihre Beine.

„Das war wunderschön, was du da eben mit deiner Zunge unter mir gemacht hast", sagte sie leise, küsste mich am Hals, an den Brüsten, am Bauchnabel und wanderte mit ihren Lippen in meinen Schoß. Ich öffnete bereitwillig meine Beine und spürte ihre Zunge zwischen meinen Schamlippen. Sandra leckte mich sanft und langsam, ganz anders als ihr Mann das zuvor getan hatte. Ich schloss die Augen und genoss es einfach nur. Ihre Liebkosungen waren wundervoll und brachten mich sehr schnell zum Höhepunkt. Mit ihren Lippen auf meinen Schamlippen wartete sie ab, bis mein Orgasmus abgeklungen war, dann leckte sie mich erneut. Wobei es zunächst eher ein Hauchen als ein Lecken war, das sie aber mehr und mehr verstärkte. Schließlich schenkte sie mir damit einen weiteren Höhepunkt.

Frauen lecken einfach anders, stellte meine Erotikfee begeistert fest. Wie recht sie doch hatte! Diese Frau jedenfalls war unglaublich gefühlvoll – und hatte offensichtlich einige Erfahrung mit dem eigenen Geschlecht.

Ich richtete mich auf, zog Sandra zu mir, küsste sie auf den Mund und drückte sie dann auf den Rücken. Wir begannen das Spiel erneut, nun aber mit vertauschten Rollen. Auch ich wanderte mit meinen Lippen über ihren Körper, hielt mich dabei lange bei ihren wundervollen großen Brüsten auf, spielte mit den Nippeln, saugte daran, ließ dabei aber schon einmal eine Hand den weiteren Weg meiner Lippen vorwandern. Sandra stöhnte auf, als sich meine Finger zwischen ihre Oberschenkel schoben und den Kitzler fanden. Offenbar konnte sie es nun nicht mehr abwarten. Sie nahm meinen Kopf in die Hände und drückte ihn weiter nach unten. Ich erfüllte ihr den Wunsch, gab ihr noch kurz einen kleinen Kuss auf jede Brustwarze und tauchte dann zwischen ihre Beine ab.

Sandras glattrasierte Muschi glänzte vor Feuchtigkeit, ich sog ihren Duft tief ein, bevor meine Zunge dem Weg meiner Finger folgte. Ihr Stöhnen wurde heftiger, als ich sie zu lecken begann. Ich schob ihr zugleich zwei Finger tief hinein und fickte sie sozusagen auf diese Weise. Es war zusätzlich erregend für mich, dass ich damit gewissermaßen das fortsetzte, was mein Mann kurz zuvor hier mit seinem Schwanz getan hatte – auch wenn dieser Gedanke nur kurz aufblitzte und ich dann wieder ganz bei dieser vor Lust stöhnenden Frau war.

Als es Sandra kam, erlebte sie ein regelrechtes Erdbeben. Ihr Orgasmus war nicht so laut, wie das bei mir manchmal der Fall war, dafür aber wurde ihr ganzer Körper heftig durchgeschüttelt, und ihre verkrampfenden Oberschenkel klemmten dabei meinen Kopf ein. Als sie ihn wieder freigaben und Sandra endlich zur Ruhe kam, küsste ich erneut ihre Schamlippen. Nur ganz sanft, aber sie konnte das nicht aushalten und zog mich aus ihrem Schoß heraus. Ich legte mich neben sie, wir sahen uns lächelnd in die Augen und küssten uns schließlich erneut – lange und zärtlich.

„Du leckst wundervoll", sagte sie schließlich.

„Genau wie du", erwiderte ich.

Entspannt blieben wir so liegen, und ich wäre beinahe eingeschlafen. Dann aber nahm ich ein leise flüsterndes Gespräch wahr und schaute auf. Ach ja, da waren ja auch noch Steffen und Maik. Die beiden saßen entspannt nebeneinander an die Wand gelehnt und sahen uns zu. In Maiks Blick erkannte ich, dass sein Weltbild nun wohl wieder im Lot war. Gegen eine andere Frau zwischen Sandras Beinen hatte er ganz offensichtlich nichts einzuwenden. Als Steffen bemerkte, dass ich ihn ansah, zwinkerte er mir zu und sagte:

„Na, wieder zurück aus der Trance?"

„So ziemlich", entgegnete ich in einem Ton, der dem einer schnurrenden Katze wohl nicht unähnlich war.

„Normalerweise", sagte mein Liebster nun wieder an Maik gewandt, „halte ich den Anblick einer solchen Liveshow von zwei Frauen ja nur begrenzt lange aus. Irgendwann muss ich da einfach mitmischen. Aber diesmal habe ich mich schweren Herzens dann doch zurückgehalten."

Kunststück, dachte ich. Er hatte ja auch kurz vorher schon einen Orgasmus gehabt. Da brauchte er dann ohnehin eine gewisse Pause. Ich wusste ja, wie gern Steffen ansonsten in das Spiel von zwei Frauen eingriff – wenn man ihn denn ließ, was keineswegs immer der Fall war. Dass die Männer zuschauten und die Frauen machen ließen, hatten wir ja schon mehrfach erlebt. Allerdings war das meist der Auftakt für einen Vierer gewesen – und nicht wie diesmal eine Art Nachspiel. Aber warum sollte es denn immer nach dem gleichen Muster ablaufen? An diesem Abend war ohnehin manches anders als bei anderen Partnertausch-Erlebnissen, die wir so gehabt hatten.

Als wir unsere verstreuten Sachen einsammelten, bemerkten wir, dass wir Zuschauer gehabt hatten. Es war eins der beiden Paare, die wir zuvor von draußen auf dieser Spielwiese beobachtet hatten. Der Mann und die Frau saßen an die Wand gelehnt in der anderen Ecke des Raumes, und schauten zu uns herüber.

Mir kam der Gedanke, dass sie wohl unser ganzes Spiel zu viert beobachtet hatten. Oder vielleicht auch nur den letzten Teil? Nun ja, warum auch nicht? Dies war schließlich ein Swingerclub, und Zuschauen war erlaubt – manchmal sogar ausdrücklich erwünscht. Das andere Paar, das anfangs ebenfalls im Raum gewesen war, war verschwunden. Ob diese beiden anderen Paare wohl auch die Partner getauscht hatten? Als wir ihnen noch von draußen zugesehen hatten, waren sie lediglich zu viert am Fummeln gewesen. Aber wie weit ihr Vierer anschließend gegangen war, hätte ich nicht sagen können. Ich war ganz und gar bei Sandra, Maik und Steffen gewesen. Dass neben uns wohl gleichzeitig ein weiterer Vierer stattgefunden hatte, hatte ich vollkommen ausgeblendet. Wir lächelten den beiden zu, während wir den Raum verließen und entschwanden in Richtung Dusche.

Als ich das heiße Wasser auf meiner Haut spürte, bemerkte ich auch Maiks Blicke auf mir. Während ich mich einseifte, sah er mich lange und durchdringend an. So recht konnte ich seinen Gesichtsausdruck aber nicht deuten. Sicherlich lag Geilheit darin. Aber keinesfalls nur. Die Blicke, die Steffen mit Sandra und ich mit ihr während des Duschens tauschte, waren da weit mehr lustvoll. Maik hingegen schaute eher ernst, abschätzend. Vielleicht auch ein wenig unsicher. Dass ich mich deutlich länger einseifte als eigentlich nötig und mit der Zunge mehrfach über meine Lippen fuhr, während ich ihn ansah, verpuffte anscheinend wirkungslos. Maik war in seinen Gedanken wieder ganz bei sich – oder wo auch immer.

Auch an der Bar nahm er wieder die distanzierte Habachtstellung vom Beginn des Abends ein. Wir übten uns bei Cola, Wein und Wasser in gepflegtem Smalltalk, aber Maik ließ nicht viel von seinem Innenleben blicken. Schon komisch, dachte ich. Kurz zuvor hatte er noch mit mir gevögelt, und jetzt machte er wieder dicht. Hatten wir ihn vielleicht doch überfordert? Bei seiner Frau hatte ich dieses Gefühl keineswegs. Sie plauderte locker mit uns, sie hatte ganz offensichtlich nicht nur die Lesbonummer mit mir, sondern auch den Fick mit Steffen genossen – und, was vielleicht noch wichtiger war: ihrem Mann auch den Sex mit mir gegönnt. Nur hin und wieder sah sie Maik skeptisch an. Natürlich bemerkte auch sie, dass er sich in sein Schneckenhaus zurückgezogen hatte.

„Ich glaube, wir sollten die beiden mal ein bisschen allein lassen", flüsterte ich Steffen ins Ohr, als Sandra und Maik es gerade nicht mitbekamen.

Steffen nickte und sagte in unsere kleine Runde: „Wir schauen uns noch mal ein bisschen um."

„Macht mal", entgegnete Maik, der ganz offensichtlich froh über diese Ankündigung war. „Wir trinken erst noch was."

So ließen wir die beiden allein und zogen los. Ich schaute mich beim Verlassen der Bar noch einmal um, Sandra und Maik sahen uns aber nicht nach, sondern hielten beide nur ihre Trinkgläser in Händen, in die sie stumm hineinstarrten.

Auf den Spielwiesen war jetzt nur mäßig etwas los, hier und da bekamen wir aber etwas zu sehen. Auch das spanische Anfängerpaar vom Beginn des Abends entdeckten wir auf einer der Matten. Die Frau lag nackt auf dem Rücken, ihr Mann hatte seinen Kopf zwischen ihren Beinen vergraben und leckte sie. Ein anderes Paar lag neben ihnen; bei den beiden verwöhnte die Frau den auf dem Rücken liegenden Mann mit dem Mund. Alle vier Beteiligten schienen sich dabei ganz auf den eigenen Partner zu konzentrieren – wobei ich durchaus verstohlene Blicke wahrnahm, die vor allem von den beiden Männern in Richtung der jeweils anderen Frau zielten.

Schließlich begann der Mann, der von seiner Frau verwöhnt wurde, mit der Spanierin Kontakt aufzunehmen. Er streichelte sie am Arm, dann am Busen und neigte sich schließlich zu ihr und küsste ihre Brüste. Sie zuckte im ersten Augenblick zusammen, ließ es dann geschehen, wurde aber selbst nicht aktiv. Nach dem, was uns die beiden vorhin in der Sofaecke erzählt hatten, konnte es gut sein, dass wir hier gerade den Beginn ihres ersten zarten Swingererlebnisses beobachteten – auch wenn wir natürlich nicht wussten, was sie in der Zwischenzeit vielleicht schon erlebt haben mochten. Mein Gefühl sagte mir jedoch, dass hier gerade eine Premiere stattfand.

„Na, Lust auf den Spanier?", fragte mich Steffen.

Der sah schon ganz appetitlich aus, musste ich mir eingestehen. Und hätten wir heute nicht Sandra und Maik getroffen, so hätte ich mir durchaus vorstellen können, dass wir uns nun mit den beiden Spaniern dort auf der Matte vergnügen würden. Aber jetzt einfach auf die beiden umzuschalten, kam mir nicht in den Sinn – zumal sie ja bereits beschäftigt waren und wir sicherlich gestört hätten. Für ein Anfängerpaar, das die beiden aus Saragossa ja waren, war bereits der Kontakt mit einem anderen Paar eine unglaublich aufregende Angelegenheit. Wenn sich nun noch ein weiteres Paar dazugesellt hätte, wäre das möglicherweise eine Überforderung gewesen. Außerdem war ich innerlich doch noch sehr bei dem Vierer, den wir gerade erst erlebt hatten.

„Ich bin nicht sicher, ob ich heute Nacht überhaupt noch Lust auf einen weiteren Mann habe. Allenfalls noch mal auf Maik. Und natürlich auf dich", entgegnete ich, umarmte Steffen und küsste ihn.

„Ich stehe zur Verfügung", erwiderte er. „Bei Maik bin ich mir nicht so sicher."

Das war ich auch nicht. Wir blieben noch einen Augenblick stehen und beobachteten das Treiben jenseits der Wand. Auch der Mann aus Saragossa war nun mutiger geworden und hatte seine Hand zu der fremden Frau ausgestreckt. Er streichelte ihren Po, und ich vermutete, dass seine Finger auch zwischen ihren Beinen waren. Allerdings konnte ich das nicht genau erkennen. Die Frau reagierte nicht darauf, sondern widmete sich weiterhin voll und ganz dem Schwanz ihres eigenen Mannes. Beide Frauen ließen sich von den jeweils anderen Männern anfassen, erwiderten deren Berührungen jedoch nicht.

Ich mutmaßte, dass es dabei auch bleiben würde. Und möglicherweise war das für dieses Anfängerpaar auch gut so. Ich erinnerte mich an unser erstes Swingererlebnis, das mittlerweile acht Jahre zurücklag. Auch wir hatten damals nicht viel mehr gemacht, als Streicheleinheiten mit anderen Menschen auszutauschen. Allerdings hatten wir uns danach schnell weiterentwickelt – sehr viel weiter.

Schließlich lösten wir uns von dem Geschehen auf dieser Spielwiese, suchten uns einen leeren Raum und zogen uns gegenseitig aus. Steffen war sehr zärtlich, verwöhnte mich ausgiebig mit der Zunge und kam dann in der Missionarsstellung zu mir. Ich öffnete meine Beine weit, spürte ihn tief in mir und genoss es, mich fallen zu lassen und mich einfach nur als Frau zu fühlen, die sich ihrem Mann hingab. Mein Liebster schlief lange mit mir und bescherte mir einen sanften Höhepunkt, den ich im gesamten Körper spürte. Als auch er kurz darauf kam, fand ich es wundervoll, seinen zuckenden Schwanz in mir zu spüren – und sein Sperma, das in mich hineinströmte, ohne dass es von einem Kondom aufgefangen werden musste.

Manchmal brauchte ich selbst im Swingerclub diese liebevolle Zweisamkeit nur mit Steffen. Es war schön, dass er fast immer bemerkte, wenn das der Fall war. Und falls er es einmal nicht bemerkte, gab es auch kein Problem, wenn ich ihm das einfach sagte. Steffen war dann in der Lage, sofort einen inneren Schalter umzulegen und mir einhundert Prozent seiner Aufmerksamkeit zu geben.

Wir blieben noch eine Weile auf der Matte liegen, schmusten und redeten. Schließlich zogen wir unsere wenigen Sachen wieder an und gingen zur Bar zurück. Sandra und Maik waren verschwunden. Wir tranken etwas, schauten uns die anderen Gäste an und beschlossen schließlich, nach den beiden zu sehen. Wir streiften durch den gesamten Club, konnten sie aber nicht finden. Natürlich war es denkbar, dass wir uns irgendwo verfehlt hatten. Der Club hatte zwar eine eher übersichtliche Größe, aber vielleicht waren Sandra und Maik ja irgendwo abgetaucht, um sich allein miteinander zu beschäftigen, so wie wir das kurz zuvor getan hatten. Wir kehrten zur Bar zurück und wanderten eine halbe Stunde später erneut durch den Club, ohne die beiden zu entdecken.

„Sie sind offenbar weg", stellte Steffen fest.

„Ohne sich zu verabschieden", fügte ich hinzu und spürte eine gewisse Enttäuschung.

So etwas hatten wir bei verschiedenen Begegnungen im Swingerclub zwar durchaus schon erlebt, fanden es aber immer wieder schade, wenn ein neuer Kontakt sich sang- und klanglos davonmachte. In diesem Fall beschlich mich aber zudem das ungute Gefühl, dass wir hier möglicherweise eine Beziehungskrise ausgelöst hatten.

„Glaube ich nicht", sagte Steffen. „Die waren doch beide richtig lustvoll dabei."

„Sandra aber mehr als Maik. Und er hat ein Eifersuchtsproblem – sie nicht. Jedenfalls längst nicht so sehr wie er."

„Dann hätte er den Vierer abblocken müssen."

„Was er aber vielleicht nicht gewagt hat, weil wir sein kleines Geheimnis kennen."

„Denkst du, er hatte ernsthaft Angst, wir würden seiner Frau von seinem Fremdgehen erzählen?"

„Wer weiß das schon? Manchmal kann man Männern ja ausgesprochen leicht in den Kopf schauen. Bei Maik ist mir das heute Nacht überhaupt nicht gelungen. Ich habe keine Ahnung, wie der jetzt drauf ist. Du?"

Steffen horchte einen Moment in sich hinein und schüttelte schließlich den Kopf. „Nein, ich auch nicht. Bei Sandra fällt mir das leichter. Ich glaube, sie fand den Fremdfick einfach nur geil", fügte er grinsend hinzu.

„Jede Frau findet den Fick mit dir geil", sagte ich lächelnd und sah, dass das Kompliment bei ihm gut ankam.

In diesem Augenblick wurden wir von den beiden Spaniern abgelenkt, die wir zu Beginn des Abends kennengelernt und vor einer Weile auf der Spielwiese beobachtet hatten. Sie kamen in den Barraum und waren in Begleitung jenes Paares, mit dem wir sie auf der Matte gesehen hatten. Alle vier waren nun einander weit mehr zugewandt, als wir das zuvor wahrgenommen hatten. Sie kamen Arm in Arm herein – mit den jeweils anderen Partnern. Oha, schoss es mir durch den Kopf. War da vielleicht doch noch mehr gelaufen, nachdem wir vorhin weitergegangen waren? Auch das strahlende Lächeln, mit dem die Spanierin mich beim Vorübergehen bedachte, sprach sehr dafür. Zumindest hatten sie wohl geilen Sex gehabt, stellte meine Erotikfee sachlich fest. Ja, dachte ich, höchstwahrscheinlich – wie weit auch immer der gegangen sein mochte.

Es war schön zu sehen, welch zufriedene Leichtigkeit diese vier Menschen ausstrahlten. Umso mehr empfand ich es als schade, dass Steffen und ich den Club mit schweren Gedanken verließen – trotz des heißen Erlebnisses, das wir gehabt hatten. Ein bisschen beschlich mich auch ein schlechtes Gewissen, weil ich den Partnertausch mit Sandra und Maik gewollt und provoziert hatte – obgleich wir zuvor ja eine ganz klare Ansage bekommen hatten, die das eigentlich ausgeschlossen hätte. Doch nach dem Toilettengespräch mit Sandra hatte ich einfach das Gefühl gehabt, dass es passieren sollte – und dass es gut sein würde für die beiden (wobei natürlich auch Steffen und ich viel Lust auf diese zwei attraktiven Menschen gehabt hatten). Auf der Rückfahrt zu unserer Ferienwohnung sprachen wir viel über die beiden, kamen aber über Spekulationen, was diese Nacht mit Sandra und Maik getan haben mochte, nicht hinaus. Wie auch?

Umso überraschter waren wir, als wir uns am nächsten Abend bei *Joyclub* einloggten und eine Mail von ihnen vorfanden. Sie hatten uns in der Besucherliste ihres Profils entdeckt und auch ohne Gesichtsbilder leicht wiedererkannt, wie sie schrieben. Aus ihren Zeilen entwickelte sich ein kleiner Mailwechsel:

*Der Clubabend mit euch war sehr schön. Ihr seid ein spannendes Paar.
Liebe Grüße, Sandra und Maik*

*Schön, dass ihr das so wahrgenommen habt. Das beruht auf Gegenseitigkeit. Wir haben die Zeit mit euch sehr genossen.
Kisses, Kirsten und Steffen*

Könntet ihr euch denn vorstellen, dass wir uns noch mal wiedersehen, bevor ihr wieder nach Haus fliegt?

Ja, könnten wir durchaus.

Nun entstand eine Pause. Da wir gleichzeitig online waren, waren die Mails schnell hin- und hergewechselt, beinahe wie im Online-Chat. Jetzt aber blickten wir einige Minuten vergeblich auf den Bildschirm. Unsere Antwort war ein klares Ja gewesen, aber wir hatten sie nicht mit einem Vorschlag versehen. Steffen hatte die beiden zu uns in die Ferienwohnung einladen wollen, aber ich hatte ihn gebremst.

„Ach ne, lass mal", wandte ich ein. „Maik war schon mal hier, und Sandra weiß das nicht. Ich fürchte, das könnte ungute Schwingungen erzeugen."

„Was dann? Sollen wir uns zu ihnen einladen?"

„Das müssten sie schon selbst machen. Schreib einfach nur, dass wir sie gern wiedersehen möchten. Mal schauen, was sie damit dann anfangen. Schließlich haben sie ja uns angemailt und nicht umgekehrt."

So stand schließlich nur unsere kurze Antwort im Mailverlauf – und wir warteten auf die Reaktion. Eigentlich hätte ich nun tatsächlich eine Einladung erwartet. Aber die blieb aus. Offenbar gab es auf der anderen Seite des Bildschirms Diskussionsbedarf. Endlich kam dann diese Mail von den beiden:

> *Wie wärs mit übermorgen? Da müssen wir beide nicht arbeiten. Habt ihr vielleicht Lust auf einen gemeinsamen Streifzug durch die Berge?*

Steffen und ich schauten uns an. Streifzug durch die Berge? Das hatten wir in den vergangenen Tagen schon reichlich gehabt. Nach dem Cluberlebnis zu viert hatten wir eigentlich an ein Abendessen mit erotischem Dessert im Schlafzimmer der beiden gedacht. Trotzdem gingen wir auf ihren Vorschlag ein. Schließlich war ja auch in freier Natur so manches möglich.

Alte Mauern, junge Frauen, heiße Fotos: Wandertag zu viert

Wir verabredeten uns zu einer Wanderung im Tramuntanagebirge und trafen uns am Ortsrand von Sant Elm, wo wir starten wollten. Das Wetter war sonnig und warm, aber nicht zu heiß – einer der großen Vorteile, wenn man im Frühling nach Mallorca flog. Wir begrüßten einander wie alte Freunde, jeder umarmte jeden, von den schweren Gedanken, mit denen wir die beiden ganz offensichtlich an der Bar des Swingerclubs zurückgelassen hatten, war nichts mehr zu ahnen. Wir besprachen noch einmal die Wanderstrecke, auf die wir uns bereits verständigt hatten, schulterten unsere Rucksäcke und zogen los. Erfreulicherweise begegneten wir nur am Anfang des Weges anderen Wanderern, nach einigen Abzweigungen verteilten sich die Menschen. Wir gingen durch ein bewaldetes Gebiet langsam bergauf. Steffen und Maik gingen irgendwann voraus, Sandra und ich folgten ihnen in ein paar Metern Entfernung – was mir ganz recht war, konnte ich so doch ein kleines Gespräch von Frau zu Frau beginnen.

„Wir waren ja etwas überrascht, als ihr Samstagnacht plötzlich ganz verschwunden wart", sagte ich zu ihr.

„Stimmt, so ganz nett war das wohl nicht von uns. Wir hatten irgendwann noch nach euch geschaut. Und da sah es so aus, als wolltet ihr nicht gestört werden."

„Ach", erwiderte ich. „Hatten wir gar nicht mitbekommen."

„Nein, ihr wart ja auch grad sehr beschäftigt. Es sah sehr innig und sehr erotisch aus, wie Steffen da auf dir lag. Offen gestanden hab ich bei dem Anblick innerlich zu schnurren begonnen und mir vorgestellt, dass ich eine Stunde vorher an deiner Stelle gewesen war und deinen Mann in mir spüren durfte. Der Gedanke hat sich eigentümlich angefühlt. Aber sehr erregend."

„Für Maik auch?", fragte ich.

„Hm tja, naja", entgegnete sie ausweichend.

„Da gab es schwere Gedanken bei euch, oder?", setzte ich nach.

„Kann man so ausdrücken. Ich hatte dir ja schon zu Beginn des Abends gesagt, dass Maik ein Problem damit haben würde, wenn ich einen anderen Mann zwischen meine Beine lasse."

„Und so war es dann auch?"

„Nicht so heftig, wie ich erwartet hätte. Aber wirklich gefallen hat ihm das nicht."

„Ach", entgegnete ich grinsend und mit gespieltem Unverständnis. „Ich hatte den Eindruck, dass er ganz gern mit mir gevögelt hat."

„Mit dem Teil unserer Begegnung hatte er auch kein Problem", sagte Sandra und fügte lächelnd hinzu: „Ich übrigens auch nicht. Es hat mich sogar sehr erregt, dass du mit meinem Mann geschlafen hast."

„Ging mir genauso. Mich macht es immer an, wenn Steffen es mit einer anderen Frau tut. Glücklicherweise beruht das bei uns auf Gegenseitigkeit. Schade, dass Maik da anders tickt."

„Ja, das ist tatsächlich schade. Spätestens seit Samstagnacht habe ich den Eindruck, dass ansonsten noch viel mehr möglich wäre."

„Was dir lieber wäre als ausschließlich Sex mit einer anderen Frau?"

„Natürlich wäre mir das lieber. Einen Frauenkörper zu spüren mag ich sehr. Aber ein Mann ist doch etwas anderes. Das Erlebnis mit Steffen war einfach wundervoll."

Plötzlich blieb Sandra stehen und fügte mit großen Augen hinzu: „Meine Güte, war das geil!"

Es war ihr deutlich anzusehen, dass sie in Gedanken wieder mittendrin war in unserem Partnertausch-Erlebnis.

„Dein Mann ist ein toller Liebhaber", sagte sie, während wir langsam weitergingen. „Er hat einen geilen Schwanz, und er weiß damit etwas anzufangen. Ich finds auch toll, dass er beschnitten ist. Das hatte ich noch nie. Das war ja sowas von heiß, ihn in mir zu spüren!"

Ich lächelte in mich hinein. Irgendwie war es süß, wie Sandra mir vom Schwanz meines Mannes vorschwärmte. Aber natürlich konnte ich ihr nicht widersprechen. Ich hatte in den vergangenen Jahren schon von anderen Frauen ähnliche Komplimente für Steffens bestes Stück gehört. Es musste wohl stimmen. Und schließlich war ich ja auch selbst dieser Meinung.

„Hat er sich eigentlich für dich beschneiden lassen?", fragte Sandra nach."

„Nein, er ist schon als Kind beschnitten worden. Da gab es ein Problem mit der zu engen Vorhaut."

„Ach so. Ist jedenfalls phantastisch so. Da hat man als Frau doch viel weniger Scheu vor dem Blasen. Findest du nicht?"

„Absolut. Aber ich hab auch kein Problem mit Männern, die nicht beschnitten sind", fügte ich grinsend hinzu. „Und ich habe auch gern Maik in mir gespürt."

„Hast du schon mir vielen anderen Männern geschlafen?"

Die Frage überraschte mich, und ich musste einen Augenblick überlegen bevor ich antwortete: „Ach naja, was heißt schon viele? Wir sind seit acht Jahren Swinger. Und zeitweise sind wir ausgesprochen aktiv. Da gab es natürlich schon so den ein oder anderen Fremdfick."

„Fremdfick", wiederholte Sandra das Wort sehr langsam. „Eigentlich ein merkwürdiger Begriff. Aber er beschreibt die Sache wohl ganz gut."

„Ja, denke ich auch."

„Komm schon, sag mal: Wie viele waren es?"

„Wie viele?", echote ich erstaunt. Das wollte sie doch jetzt nicht wirklich wissen. Aber Sandra sah mich harmlos lächelnd an und erwartete ganz offensichtlich eine konkrete Zahl von mir – die ich ihr weder bieten wollte noch konnte.

„Ich hab keine Ahnung", entgegnete ich achselzuckend.

„Du weißt nicht, mit wie vielen Männern du geschlafen hast?"

„Wie gesagt: Wir sind Swinger", wich ich aus.

„Naja, ich meine: Waren es zehn oder waren es hundert oder noch mehr?"

„Mehr als zehn waren es schon."

Sandra sah mich an und ich ahnte, welche Frage ihr jetzt auf der Zunge lag. Aber sie fragte nicht, ob es auch mehr als hundert gewesen waren. Stattdessen nickte sie nur.

„Natürlich ist es nicht nur Steffens großer Schwanz, der mich angemacht hat", nahm sie den ursprünglichen Faden des Gesprächs wieder auf. „Es war der ganze Mann. Vor allem: Es war ein anderer Mann, den ich da in mir gespürt habe. Das hatte ich doch schon ewig nicht mehr."

„Das war dein erster Fremdfick beim Swingen, oder?"

„Ja, seit ich Maik kenne, habe ich mit keinem anderen Mann mehr geschlafen. Ich bin ja schließlich eine brave Ehefrau. Beim Swingen hat mich zwar dann und wann auch mal ein anderer Mann angefasst, aber das war immer nur sehr soft und ging über sanfte Berührungen nie hinaus. Dafür hat Maik schon gesorgt. Ich wundere mich immer noch, dass er das am Samstag alles zugelassen hat."

„Ist Maik denn auch ein braver Ehemann?", konnte ich mir plötzlich nicht verkneifen zu fragen – obwohl ich die Antwort ja kannte und wusste, dass ich mich mit diesem Thema auf vermintes Gebiet wagen würde.

„Wohl kaum", entgegnete sie mit deutlich verdüsterter Mine.

„Soll heißen?"

„Das soll heißen, dass mein lieber Mann zum Fremdgehen neigt. Hatte ich dir ja im Club schon gesagt. Da bin ich inzwischen ganz sicher. Und als er mir am Sonntag gesagt hat, er möchte nicht, dass ich noch einmal mit einem anderen Mann schlafe, habe ich ihm das auch auf den Kopf zugesagt."

„Oh, wie hat er reagiert?"

„Er hat gesagt, dass ich Gespenster sehe. Daraufhin habe ich ihm gesagt, dass ich auf keinen Fall Gespenster rieche. Und er möge mir doch bitte mal das weibliche Parfum erklären, das ich vor ein paar Tagen an ihm wahrgenommen hatte, als er nach Haus kam."

„Und?", fragte ich mit einem vermutlich etwas nervösen Unterton, den Sandra aber wohl nicht wahrnahm.

„Nichts und. Glatte Aussageverweigerung! Daraufhin habe ich ihm noch ein paar andere Merkwürdigkeiten erläutert – von komischen Abendterminen, blonden Haaren auf dem Hemd bis hin zum Schnipsel einer Kondomverpackung unter dem Sitz unseres Autos. Deutlicher geht es ja wohl kaum. Alles Dinge aus den letzten ein, zwei Jahren. Und ich habe ein gutes Gedächtnis!"

Ich atmete innerlich auf. Mein Jil-Sander-Parfum war zumindest nicht allein schuld. Und von Fingernagelspuren auf Maiks Po sagte Sandra auch nichts.

„Wie hat er reagiert?", fragte ich.

„Er hat eine Weile still vor sich hingestarrt, dann irgendwann mit dem Kopf genickt – was ja wohl so etwas wie ein Geständnis war – und schließlich gefragt, was ich denn möchte."

„Und? Was möchtest du?"

„Ich habe ihm gesagt, dass ich hin und wieder mal einen anderen Mann spüren möchte. Schließlich hat er ja auch andere Frauen. Daraufhin hat er immerhin eingestanden, dass das wohl fair wäre."

„Und hast du gefordert, dass er mit seinem Fremdgehen aufhören soll?"

„Es lag mir auf der Zunge, aber ich habe nichts in der Richtung gesagt. Versuch mal einen Fuchs im Hühnerstall zu überreden, dass er Vegetarier werden soll."

„Hühnerstall?"

„Naja Maik und seine Tauchkurse. Da wimmelt es doch geradezu von schönen jungen Frauen. Ich weiß nicht, wie realistisch es ist, ihm da Monogamie abzuverlangen."

„Und könntest du damit leben, wenn er weiterhin fremdgeht?"

„Weiß ich noch nicht. Immerhin bin ich froh, dass ich es endlich mal ausgesprochen habe. Jetzt ist ihm zumindest klar, dass er nicht mehr allein die Regeln bestimmt."

„Vielleicht wird er ja monogam, auch ohne dass du es von ihm verlangst."

Sandra schaute mich erstaunt an: „Wie sollte das Wunder denn passieren?", fragte sie mit einem leicht zynischen Unterton.

„Ganz einfach: Durch eure gemeinsamen Abenteuer. Swinger sind normalerweise keine Fremdgänger. Warum auch? Weshalb sollte jemand etwas heimlich tun, was er auch offen machen kann?"

„Du meinst, Partnertausch hält vom Fremdgehen ab?"

„Ich glaube schon. Natürlich hast du nie eine Garantie. Aber das ist zumindest eine Erfahrung, die viele Swinger machen."

Sandra wurde nachdenklich und schweigsam, während wir weitergingen. In ihrem Gesicht zeigte sich aber zunehmend ein Lächeln. Ein Lächeln, wie es sich einstellt, wenn man einen angenehmen Blick in die Zukunft begrüßt. So jedenfalls deutete ich ihren Gesichtsausdruck. Und so ganz falsch lag ich damit wohl auch nicht.

Wir waren ein ganzes Stück hinter die Männer zurückgefallen. Als wir sie einholten, standen sie an einer Weggabelung und waren gemeinsam in den Wanderführer vertieft. Schließlich las Maik aus der Wegbeschreibung vor, mit der wir den Pfad zu jenem alten Wehrturm finden wollten, den wir als erstes Ziel ansteuerten. Es klang eher verwirrend und ziemlich umständlich, was er da vorlas, aber schließlich schaute Maik aus dem Buch auf und deutete nach rechts.

„Ich glaube, hier müssen wir lang."

„Ja, sicher", entgegnete Sandra grinsend und deutete auf den Wegweiser mit der deutlichen Aufschrift „Torre" – Turm.

„Naja, so gehts natürlich auch", bemerkte Maik trocken, steckte den Wanderführer in die Tasche und schlug den Pfad ein, auf den das Hinweisschild zeigte.

Männer waren doch zuweilen wunderbar einfach gestrickt. In so mancherlei Hinsicht.

Der alte Wachturm aus dem 16. Jahrhundert war auf den ersten Blick zwar nicht sehr hoch und auch sonst nicht sonderlich imposant, aber doch ein interessantes Gemäuer – wenn auch teilweise etwas verfallen. Erfreulicherweise waren wir die einzigen Besucher hier.

„Alter Turm und junge Frauen", sagte Steffen. „Die perfekte Kulisse für kontrastreiche Bilder. Was meint ihr? Lust dazu?"

Den Gedanken für eine kleine Fotosession mit den beiden hatte ich schon vor unserer Wanderung gehabt und dementsprechend nette Dessous druntergezogen. Mir war nur nicht klar, ob das bei unseren neuen Freunden auf Gegenliebe stoßen würde. Aber auch Sandra schien geahnt zu haben, dass es Gelegenheit geben würde, Shorts und T-Shirt abzustreifen. Jedenfalls zog sie sich ohne große Diskussion aus, und wir stellten uns beide in Pose, während die Männer ihre Fotos machten. Sandra vor dem Turm, ich vor dem Turm, wir beide gemeinsam vor der Landschaft, Arm in Arm und eng umschlungen – es gab eine ganze Reihe von Motiven. Sandra stellte sich vor das zerbröckelnde Fensterloch in einer der Mauern, und Maik schoss von der anderen Seite durch die Fensteröffnung seine Bilder – auf denen seine Frau dann nur von Kinn bis Bauchnabel zu sehen war. Sie überließ mir den Platz, und Steffen machte dort ebenfalls Fotos von mir.

Während er knipste, spürte ich, wie Sandra mir den BH öffnete und auszog, so dass Steffen nun Oben-ohne-Bilder von mir machen konnte. Anschließend befreite sich auch Sandra von ihrem Oberteil, und Maik knipste erneut. Währenddessen stellte ich mich hinter sie, und auf einigen Bildern war Sandras Busen hinter meinen Händen versteckt – zumindest soweit meine Hände ihre großen Brüste verdecken konnten. Auf weiteren Fotos waren dann auch Steffens Hände auf Sandras Haut zu sehen, ebenso wie die von Maik auf mir. Wir hatten viel Spaß, die Männer nutzten jede Gelegenheit, uns immer wieder anzufassen, und wir ließen das gern geschehen.

Irgendwann aber wollte Maik den kleinen Turm besteigen – was sich als nicht ganz einfach erwies. Zwar war das Gemäuer nur ein paar Meter hoch, aber es gab keine Treppe, sondern nur ein paar Steigeisen im Innern des Turms. Und eins davon war abgebrochen, so dass es zu einer kleinen sportlichen Aufgabe wurde, dort hinaufzusteigen. Ich kam mir bei dieser Kletterpartie lediglich im Slip zwar ziemlich nackt vor, wollte aber (ebenso wie offenbar auch Sandra), den Männern nicht den Spaß am Fotografieren nehmen. Was ich später ein bisschen bereute, weil es auf den Bildern ziemlich ungelenk aussah, wie ich mühsam die Steigeisen erklomm und mich oben durch die Luke zog.

Allerdings wurde ich durch die schöne Aussicht belohnt – und den warmen Wind, der über meine Haut strich. Ich stellte mich an die Brüstung, schaute hinaus aufs Meer, und stellte mir vor, wie die Küstenwächter vergangener Jahrhunderte mit diesem Blick Ausschau nach Piratenschiffen gehalten hatten. Wie ich wusste, waren Seeräuber an dieser Küste zeitweise durchaus ein Problem gewesen. Meine Gedankenreise in die Vergangenheit kam jedoch schnell zu einem Ende, als Steffen mich von hinten umarmte und meinen Nacken küsste. Für einen Moment bekam ich eine Gänsehaut.

Sandra stellte sich neben mich, und ich spürte sehr deutlich ihren warmen Körper an meiner Seite. Als sie begann, eine Hand über meinen Arm, meine Schulter und meine Brüste gleiten zu lassen, sah ich sie an, und wir küssten uns. Ich ahnte, dass es dabei nicht bleiben würde – vor allem, als sich Maik zu ihr stellte, sie ebenfalls von hinten umarmte und eine Hand über sie hinweg zu mir ausstreckte. Schau einer an, flüsterte meine Erotikfee. Er beginnt selbst das paarübergreifende Spiel. Ich spürte seine Finger an meinen Lippen, am Kinn, an der Schulter und schließlich auf den Brüsten. Auch ich streckte eine Hand aus und ließ sie unter sein T-Shirt gleiten. Dabei löste ich mich immer mehr von Sandra und schob mich zu Maik – womit ich zugleich Steffen freigab. Während ich den anderen Mann umarmte und küsste, sah ich aus den Augenwinkeln, dass Sandra und Steffen das Gleiche taten.

Maik ließ seine Hände über meinen Rücken zu meinem Po gleiten. Da ich nur einen String trug, trafen sie dort auf nackte Haut.

Es war eine ganz ähnliche Partnertausch-Fummel-Situation entstanden, wie wir sie zuvor mit den beiden im Club erlebt hatten. Nur mit dem Unterschied, dass sich das jetzt viel selbstverständlicher und mit mehr Leichtigkeit ergeben hatte.

Warum seid ihr eigentlich fast nackt und die Männer sind noch komplett angezogen, flüsterte meine Erotikfee. Recht hatte sie! Meine Finger wanderten zur Gürtelschnalle von Maiks Hose und öffneten sie. Ich ging in die Hocke und zog ihm die Shorts herunter, die er aber wegen der Wanderstiefel nicht komplett ausziehen konnte. Ich zerrte ihm auch den Slip von den Hüften und sein steifer Schwanz schnellte hervor. Ohne Zögern griff ich danach und nahm ihn in den Mund. Während ich ihn blies, hörte ich Sandras Stöhnen neben mir und schielte zur Seite. Sie war inzwischen komplett nackt, Steffen kniete vor ihr und leckte sie. Ich streckte eine Hand zu ihm aus, zog seinen Kopf zu mir, küsste ihn und wandte mich dann wieder Maik zu – während Steffens Zunge erneut zwischen Sandras Beine wanderte. Meinen Liebsten während oraler Spielereien mit anderen zu küssen mochte ich schon immer gern. Und inzwischen liebte auch er das.

„Hast du Gummis?", raunte ich ihm zu.

Natürlich hatte er. Steffen hatte immer Kondome dabei – zumindest bei solchen Verabredungen. Ohne seine Liebkosungen an Sandras Muschi zu unterbrechen griff er in seine Hosentasche, zog ein Päckchen hervor und reichte es mir. Ich packte das Gummi aus und rollte es Maik über den Schwanz. Dann stand ich auf, küsste ihn flüchtig und streckte ihm meinen Po entgegen, während ich mich an der Brüstung des Turms festhielt. Sofort packte er mich, schob einfach meinen Slip zur Seite und stieß seinen Schwanz heftig in mich hinein. Ich ahnte, dass Steffen nicht lange zögern würde, das Gleiche mit Sandra zu tun und stellte mir vor, wie sie ihm ebenso bereitwillig ihren nackten Po entgegenstrecken würde, wie ich das gerade für ihren Mann tat. Doch ich sollte mich irren.

„Oh shit, da kommen Leute!", sagte Sandra plötzlich.

Irritiert schaute ich mich um. Man sah zwar niemanden, aber nicht weit entfernt waren leise Stimmen zu hören. Zweifellos war da jemand auf dem Wanderpfad, welcher nur zu diesem Turm führte. Fassungslos schauten wir uns alle kurz an und brachen unseren gerade begonnenen Vierer umgehend ab. Maik zog seine Hose in Rekordtempo wieder hoch, Steffen war ohnehin noch angezogen – und Sandra und ich realisierten in diesem Augenblick, dass unsere Sachen unten vor dem Turm auf den Rucksäcken lagen. Was folgte, war der vermutlich schnellste Turmabstieg, den das alte Gemäuer in seiner jahrhundertelangen Geschichte erlebt hatte. Und ich nahm auf dem Weg nach unten ein paar Schrammen am Arm mit. Es gab Schlimmeres.

Gerade noch rechtzeitig (hoffte ich zumindest) streiften wir uns T-Shirts und Shorts über – auch wenn ich nicht sicher war, ob die beiden Wanderer, die auf uns zukamen, Sandra und mich nicht doch noch oben ohne gesehen hatten. Nun ja, das war dann eben so, und sie würden sich ihren Teil denken. Sollten sie. Bevor dieses ältere Paar den Turm ganz erreichte, verstauten wir unsere restlichen Sachen in den Rucksäcken, schulterten diese und machten uns auf den Weg. Als wir an den Neuankömmlingen vorbeikamen, nickten wir uns alle mit einem freundlichen „Hola" zu, doch ich bemerkte erstaunte Gesichter – während wir alle vier uns ein leichtes Grinsen nicht verkneifen konnten.

Hatten die beiden Wanderer wohl etwas mitbekommen? Oder schauten sie nur deshalb so indigniert, weil ihnen zwei Frauen entgegenkamen, die beide unter ihren engen und bereits leicht verschwitzten T-Shirts ganz offensichtlich keinen BH trugen? Dafür hatte beim Anziehen nun wirklich die Zeit gefehlt, und Sandras üppige Brüste wippten beim Gehen noch deutlicher auf und ab, als meine das taten. Irgendwie fand ich es beruhigend, dass wir wohl ein ganzes Stück entfernt sein würden, falls auch sie den Turm besteigen sollten. Denn dort würde ihnen möglicherweise eine aufgerissene Kondomverpackung auffallen, die jemand vergessen hatte mitzunehmen. Und dieser Jemand, so mussten sie wohl schlussfolgern, würde sicher einer der vier Wanderer gewesen sein, die ihnen soeben begegnet waren. Futter für ein phantasievolles Kopfkino, grinste die Teufelin in mir, womit mir die eher etwas peinliche Situation plötzlich gefiel.

„Kleinen Moment mal", sagte Maik, als wir wieder im Wald waren. Er blieb stehen, und ich sah erstaunt, wie er seine Hose öffnete. War er etwa noch immer derart heiß, dass er hier und sofort weitervögeln wollte? Mir war die Lust dazu vorerst vergangen. Oder hatte er einfach nur am Morgen zu viel Kaffee getrunken und wollte sich in die Büsche schlagen? Aber Maik hatte nichts dergleichen im Sinn – obwohl er seinen noch immer nicht wieder völlig zusammengefallenen Schwanz freilegte. Allerdings nur, um das Kondom abzuziehen, das er noch immer trug. Wir brachen in herzhaftes Gelächter aus und auch Maik konnte sich ein schulterzuckendes Grinsen nicht verkneifen. Hoffentlich hat Steffen genügend Gummis dabei, flüsterte meine Erotikfee. Steffen hat immer genügend Gummis dabei, entgegnete die Realistin in mir.

„Ich hab noch was von dir", sagte Steffen ein paar Minuten später zu Sandra und zog einen schwarzen Slip aus der Hosentasche. Offenbar hatte er ihn ihr auf dem Turm ausgezogen und dann eingesteckt, um ihn nicht auf den staubigen Boden werfen zu müssen. Sie wollte ihn nehmen, zögerte einen Moment und sagte schließlich lächelnd:

„Wenn du magst, behalt ihn. Als kleines Andenken."

Steffen erwiderte ihr Lächeln und steckte das zarte Teil wieder ein – während ich einen verwirrten Gesichtsausdruck bei Maik registrierte. Der hatte sich auf dem Turm bereitwillig auf das Wechselspiel eingelassen, hatte es sogar begonnen, was angesichts seiner Eifersuchtsneigung möglicherweise gar nicht so einfach für ihn gewesen war. Aber dieses intime Geschenk, das seine Frau Steffen da soeben gemacht hatte, war vielleicht doch etwas zu viel für ihn. Ich hängte mich bei Maik ein, lächelte ihn an und stellte zufrieden fest, wie er sich wieder entspannte. Schön, wie berechenbar Männer doch waren. Manchmal selbst Maik.

Die weitere Wanderung wurde durchaus anspruchsvoll. Mehrfach wurde meine Höhenangst auf die Probe gestellt. Stellenweise ging das Wandern eher in Klettern über – und ich vermied es, nach unten zu schauen. Im Wanderführer war die Strecke als mittelschwer eingestuft. Wie konnte man so etwas nur machen, fragte ich mich, als ich nur mithilfe der Hände eine schwierige Stelle überwinden konnte, bei der man besser nicht ausrutschen sollte. Das war keine Wanderung mehr; für mein Empfinden einer norddeutschen Flachländerin war das eindeutig Bergsteigen. Dafür wurden wir oben auf dem Grad mit einem phantastischen Blick entschädigt. Am Horizont im Südwesten konnte man sogar die Nachbarinsel Ibiza erkennen, auch wenn sie nur undeutlich zu sehen war.

Dass die Männer Sandra und mir an solchen Stellen gern den Vortritt ließen, hatte natürlich etwas mit Steffens Vorliebe für Aussichten anderer Art zu tun. Mein Liebster schaute Frauen schon immer gern auf den Po. Wir alle trugen kurze Hosen, wobei meine zwar bequem, aber dennoch figurbetont war. Und Steffens Wissen, dass Sandra unten ohne war, machte ihn an. Da war ich mir ganz sicher. So etwas reizte ihn immer. Auch ich ging mehrfach bewusst vor Maik, um ihm meinen Po zu präsentieren, der sich in meinen Wandershorts gut abzeichnen musste. Hin und wieder bewegte ich mein Hinterteil mehr als nötig.

Als wir uns nach der Kletterei oben auf die Felsen setzten, um etwas zu trinken, verschüttete Steffen Wasser aus seiner Flasche. Nicht viel, aber es landete auf Sandras Oberschenkel, wo er es ihr mit der Hand umgehend wieder von ihrer Haut wischte. Netter Trick, dachte ich – auch wenn Steffen doch eigentlich keinen Anlass gebraucht hätte, ihr aufs Bein zu fassen. Schließlich war es noch nicht lange her, dass er ganz andere Sachen mit ihr angestellt hatte. Aber Steffen liebte es, solche scheinbaren Zufälle herbeizuführen. Ich mochte seine Spielchen.

„Schöne Hose", sagte er und ließ seine Hand auf Sandras Oberschenkel liegen – was sie mit einem ausgesprochen wohlwollenden Lächeln quittierte.

Mein Blick wanderte zu Maik, und ich stellte erfreut fest, dass auch er lächelte, während er seine Frau und meinen Mann anschaute. Seine eifersüchtige Spannung schien sich wieder zu legen. Leider saß er in diesem Moment zu weit von mir entfernt, als dass es auch zwischen uns Berührungen hätte geben können. Aber immerhin schaute er mich an, und in seinem Blick lag Verlangen – das Verlangen, die unterbrochenen Aktivitäten vom Turm fortzusetzen. Auch ich hatte große Lust, ihn erneut zu spüren. Was bei dieser Pause freilich nicht denkbar war. Wir saßen hier oben am Berg geradezu auf einem Präsentierteller. Und wir waren keineswegs allein auf dem Weg.

Die erotische Spannung jedoch lag in der Luft. Ich war mir sicher, dass wir alle den Gedanken hatten, heute noch irgendwo irgendwie miteinander Sex zu haben. Steffen streichelte beinahe während der gesamten Pause Sandras Oberschenkel und Maik und ich sahen dabei zu. Um die Stimmung noch ein bisschen mehr anzuheizen, sagte ich schließlich:

„Puh, mir ist warm", und zog dabei für einen Augenblick mein Shirt nach oben – scheinbar, um Luft an meinen Körper zu lassen, tatsächlich aber natürlich, um den anderen einen kurzen Blick auf meine nackten Brüste zu geben. Mein BH war seit dem überstürzten Aufbruch am Turm noch immer im Rucksack.

Das war sicherlich recht plump, aber Maik registrierte meine Oberkörper-Belüftung mit einem sinnlichen Lächeln, wie ich zufrieden feststellte. Und ich erwiderte dieses mit einem offensiven Ich-will-mit-dir-ficken-Blick. Zwar wusste man bei Männern manchmal nicht so ganz genau, ob sie solche Gesten und Blicke richtig zu deuten wussten, doch in diesem Moment war ich mir ganz sicher, dass Maik mich sehr genau verstanden hatte. In seinen Augen lag unglaubliche Geilheit – die Geilheit eines Mannes, der mich wollte. Na also, hörte ich die Erotikfee in mir zufrieden sagen. Auch deine Brüste wirken – selbst wenn sie nicht so groß sind wie die von Sandra.

Als wir weitergingen, hielt ich insgeheim Ausschau nach einem geeigneten Ort, an dem wir noch einmal erotische Fotos machen könnten – und vielleicht auch ein bisschen mehr. Auch die anderen ließen suchend ihre Blicke durch die Landschaft gleiten. Ich war mir sicher, dass sie dabei nicht nur Vögel, Felsen und das Meer bewunderten, das tief unter uns in der Sonne glitzerte. Als Steffen plötzlich vom vorgegebenen Wanderweg abbog, folgten wir ihm alle, ohne Fragen zu stellen.

Es war jetzt etwas mühsamer, sich durch das steinige und von niedrigen Büschen bewachsene Gelände auf dem Hochplateau zu tasten. Wir entfernten uns immer weiter vom offiziellen Wanderpfad und ich hatte das Gefühl, dass uns hier wohl niemand mehr überraschen würde. Wobei man da natürlich nie so ganz sicher sein konnte, wie ich spätestens seit unserer Fotosession in der vergangenen Woche wusste. Doch nirgendwo waren merkwürdige Geräusche oder gar auffällige Basecaps auch nur zu erahnen. Lediglich die scheinbar allgegenwärtigen Ziegen waren zu sehen, die in dem Gelände nach Gras suchten und uns neugierig beäugten.

Plötzlich blieb Sandra stehen und sagte: „Hier."

„Was hier?", fragte Maik, der offenbar noch nicht den perfekten Platz bemerkt hatte.

„Hier würde ich gern noch ein paar Fotos machen", entgegnete sie bestimmt, stellte ihren Rucksack neben einen niedrigen, aber relativ großen, abgeflachten Felsen und zog einige Dessous heraus, die ich noch nicht gesehen hatte. Sie streifte sich ihre Sachen ab, legte einen neuen String und eine Korsage an und setzte sich wie die Kopenhagener Meerjungfrau auf dem Felsen in Pose. Erst jetzt erkannte ich, was für ein tolles Motiv das war. Mit dem Meer und der vorgelagerten Insel Sa Dragonera im Hintergrund sah Sandra mit ihren wundervollen weiblichen Rundungen, die durch die Dessous noch mehr betont wurden, einfach hinreißend aus. Weder Maik noch Steffen konnten sich dem Anblick verschließen und schossen jede Menge Bilder mit ihren Handys.

Ich zog mich ebenfalls bis auf den Slip aus, legte meinen BH wieder an und setzte mich in ähnlicher Pose neben Sandra. Wieder machten die Männer Bilder. Von uns beiden, von Sandra allein, von mir allein, ich oben ohne, Sandra oben ohne, wir beide nackt auf dem Felsen. Immer wieder legten die Männer Hand an uns, um uns in die eine oder andere Pose zu bewegen. Das empfand ich als sehr prickelnd – vor allem, wenn es Maiks Hand war, die mich berührte. Und nicht nur einmal verweilte seine Hand deutlich länger auf meiner Haut, als das für die Regieanweisung eines Fotografen nötig gewesen wäre.

Schließlich begannen Sandra und ich, ein wenig miteinander zu spielen. Ich spürte ihre Hand an meinen Brüsten, schließlich auch ihre küssenden Lippen darauf. Ich konnte kaum anders, als meine Hände auch über ihren schönen Körper wandern zu lassen. Als sich meine Finger schließlich zwischen ihre Oberschenkel schoben, öffnete sie die Beine und ich tastete mich zu ihrer Muschi, die ich weich und feucht vorfand. Als ich meine Finger zu ihren Schamlippen gleiten ließ, stöhnte sie leicht auf. Im nächsten Moment begann auch Sandra, meine Muschi zu streicheln. Sie machte das mit viel Gefühl, sehr sanft, beinahe wie eine gehauchte Berührung.

Ich vergaß die fotografierenden Männer neben dem Felsen, genoss Sandras Liebkosungen und schenkte ihr meine. Ich wollte sie schmecken und drückte sie auf den Rücken. Bereitwillig öffnete sie ihre Beine noch weiter, als ich mit dem Kopf dazwischen eintauchte. Dass ich dazu knien musste, was auf dem harten Felsen alles andere als komfortabel war, störte mich nicht. Ich war einfach heiß auf diese Frau, ließ meine Zunge zwischen ihre Schamlippen gleiten und fand ihren Kitzler. Der Gedanke, dass auch Steffens Zunge heute bereits an dieser Stelle das Gleiche getan hatte, machte mich zusätzlich an. Obgleich auch Maiks Berührungen mich eben noch elektrisiert hatten, war es nun seine Frau, auf die ich mich voll und ganz konzentrierte.

Ich war so sehr von Sandra und dem Geschmack ihrer Feuchtigkeit erregt, dass ich Maiks Hände auf meinem Po im ersten Moment kaum wahrnahm. Erst als sich sein steifer Schwanz von hinten gegen meinen Po drückte, realisierte ich, dass die Männer (die sich inzwischen ausgezogen hatten, wie ich plötzlich bemerkte) zu uns gekommen waren. Ich schaute zu Sandra und sah dort Steffens Schwanz in ihrem Mund verschwinden, während ich fast gleichzeitig Maiks steifes Teil spürte, das sich von hinten zwischen meine Oberschenkel schob. Trotz aller Geilheit funktionierte in diesem Moment jener Reflex, den ich mir beim Swingen zugelegt hatte. Ich griff hinter mich, um den fremden Schwanz zu ertasten. Als ich feststellte, dass er in ein Gummi verpackt war, ließ ich ihn gewähren, streckte ihm meinen Po entgegen und wandte mich wieder Sandra zu.

Während ich sie weiter leckte, spürte ich, wie ihr Mann in mich eindrang. Seine Stöße waren erst sanft, wurden dann aber schnell heftiger – was mein Lecken nun etwas ruckhaft machte. Indirekt bestimmte Maik somit, in welchem Rhythmus ich seine Frau liebkoste. Dennoch dauerte es nicht lange, bis es Sandra kam. Ich hatte den Eindruck, sie wollte ihren Orgasmus herausschreien. Es waren aber nur gedämpfte Laute, die zu hören waren. Es klang beinahe so, als ob jemand mit vollem Mund zu sprechen versuchte. Das lag natürlich daran, dass Steffens Schwanz noch immer ihren Mund ausfüllte und sie das Blasen wohl nicht unterbrechen wollte. Sie war offenbar ebenso heiß auf seinen Schwanz wie ich auf ihre Muschi.

Maik hinter mir erhöhte sein Tempo. Vermutlich hatte ihn der Orgasmus seiner Frau noch mehr erregt. Oder war es der Anblick von Steffen, der noch immer neben dem Felsen stand und seinen Schwanz tief in Sandras Mund hatte? Zu meinem Erstaunen machte mein Liebster keinerlei Anstalten, irgendeinen Stellungswechsel herbeizuführen, um Sandra nun ficken zu können. Eigentlich hätte ich das erwartet. Ich hatte es bei unseren Swingererlebnissen schon mehrfach erlebt, dass Steffen die Mundmusik einer fremden Frau zwar mochte, sie aber irgendwann dann auch richtig nehmen wollte. Vermutlich aber machte Sandra das, was sie da gerade tat, einfach viel zu gut, als dass er es abbrechen wollte.

Tatsächlich sah ich Steffen an, dass es ihm bald kommen würde. Das war eher ungewöhnlich. Normalerweise dauerte so etwas länger bei ihm, deutlich länger. Aber ich sah, wie er sich verkrampfte und im nächsten Augenblick in Sandras Mund spritzte. Sie blies weiter, bis sein Orgasmus abgeklungen war. Erst dann öffnete sie die Lippen und entließ seinen Schwanz, aus dem noch immer Sperma auf ihr Gesicht tropfte, was sie offensichtlich nicht im Geringsten störte. Aus ihrem Mundwinkel lief zudem etwas heraus und tropfte auf den Felsen. Viel war es aber nicht. Das meiste musste sie geschluckt haben.

Maik war nun wie von der Tarantel gestochen. Er umklammerte meine Hüften so fest, dass es schon wehtat. Und er fickte mich in einem geradezu aberwitzigen Tempo, bis es ihm schließlich ebenfalls kam. Ich spürte seinen zuckenden Schwanz in mir, und es dauerte lange, bis seine Bewegungen zum Stillstand kamen. Das musste ein irrer Orgasmus für ihn gewesen sein, mutmaßte ich.

Leider beließ er es dabei. Er zog sich aus mir zurück, ohne auch mich zum Höhepunkt zu bringen. In dieser Stellung von hinten hatte ich allerdings auch nur selten einen Orgasmus – es sei denn, mein Lover oder ich selbst (oder wer auch immer) streichelte zugleich meinen Kitzler. Da das nicht passiert war, blieb ich als einzige ohne Höhepunkt. Niemand machte Anstalten, auch mich noch zu befriedigen. Steffen zog sich wieder an, Sandra richtete sich auf dem Felsen auf, lächelte mir zu und wischte sich den Mund ab. Sie gab mir einen kurzen Kuss, bei dem ich Steffens Sperma schmecken konnte. Dann jedoch stand sie auf, stieg vom Felsen und begann ebenfalls, sich anzuziehen und ihre Dessous in den Rucksack zu stecken. Dass ich nun noch selbst Hand an mich legte, passte irgendwie nicht mehr.

So heiß unser Vierer am Felsen auch gewesen war: Plötzlich hatte sich der erotische Zauber wieder verflüchtigt – davongeflogen wie zwei Möwen, die ich in der Nähe bemerkte, während ich noch immer etwas benommen auf dem Felsen saß und den anderen bei ihren Aufbruchaktivitäten zusah. Erst als Steffen mir einen Kuss gab, kam ich langsam wieder zu mir – und ich realisierte, dass ich als einzige noch nackt war. Insgeheim hatte ich wohl doch gehofft, dass auch ich noch zu meiner Befriedigung kommen könnte, was nun aber ganz sicher nicht mehr passieren würde. Nun ja, dachte ich. Der Tag war ja noch jung.

Als ich aufstand, spürte ich meine Knie. Sie waren rot und taten weh. Der harte Untergrund hatte Spuren hinterlassen. Nach den Schrammen vom Turmabstieg war dies der nächste Kollateralschaden. Würde es noch weitere geben? Freiluftsex hatte manchmal doch unerwartete Nebenwirkungen.

Während ich mich anzog, beobachtete ich aus den Augenwinkeln Maik – dessen Blick mit einem undefinierbaren Ausdruck zwischen Sandra und Steffen hin- und herpendelte. Genau diesen Blick hatte ich bei ihm auch schon beim Partnertausch im Club bemerkt. So ganz leicht und locker ging er noch immer nicht mit der Situation um. Dabei hatte Sandra (im Gegensatz zu ihm selbst) hier nicht einmal fremdgefickt. Aber vielleicht störte ihn ja gerade dieser hingebungsvolle Blowjob bis zum Ende, den seine Frau meinem Mann geschenkt hatte. Alles Mutmaßungen, stellte die Realistin in mir wieder einmal fest. Vermutlich hatte Maik grundsätzlich ein Problem damit, dass seine Frau plötzlich für sich etwas einforderte, was er selbst bereits seit Jahren heimlich tat. Aber ich konnte nicht in seinen Kopf schauen, und so wandte ich mich Steffen zu, gab ihm einen letzten Felsenkuss und schulterte meinen Rucksack.

Der Weg führte uns zurück zum offiziellen Wanderpfad, wo wir uns nun auf den Rückweg machten.

„Deine Knie sind rot", bemerkte Sandra irgendwann, während wir den Männern hinterhertrotteten.

„Ja, das war alles andere als bequem da auf dem Felsen."

„Heiß war es trotzdem", sagte sie versonnen.

„Kann man wohl sagen", bestätigte ich. „Was für ein geiler Vierer-Quickie!"

„Spritzt Steffen eigentlich immer so schnell ab?"

„Nein, ganz im Gegenteil. Offenbar hattest du ihn mit deinen Lippen genau richtig im Griff. Dann kann so etwas schon mal passieren", stellte ich grinsend fest.

„Ja, ich hab gemerkt, dass es ihn sehr erregt hat in meinem Mund. Ich fands auch geil, ihn auszusaugen."

„Du hast sein Sperma geschluckt, oder?"

„Ja, das meiste schon. Machst du das nicht?"

„Doch, bei Steffen schon. Er mag das auch ganz gern. Bei anderen Männern bin ich da eher zurückhaltend. Da muss schon sehr viel passen, wenn ich einem Mann so etwas schenke."

Sandra nickte ein wenig nachdenklich: „Da hat dann wohl sehr viel gepasst bei Steffen und mir. Ich hatte große Lust, das zu tun."

„Hab ich bemerkt. Ich bin nur nicht sicher, ob Maik das gefallen hat. Er hat merkwürdig geschaut."

„Den Eindruck hatte ich auch. Aber da muss er jetzt durch. Seit unserem Gespräch am Sonntag hat er akzeptiert, dass ich etwas guthabe. Eine ganze Menge sogar! Und ich habe durchaus die Absicht, mir das auch zu nehmen."

„Du meinst, weil du ihn für einen Fremdgänger hälst."

„Maik IST ein Fremdgänger", stellte Sandra fest. „Ich weiß es, und spätestens seit Sonntag weiß auch er, dass ich es weiß. Wenn er jetzt ein Problem damit hat, dass auch ich Sex mit einem anderen Mann habe, dann hat er ein Problem – nicht ich. Selbst Fremdgehen und gleichzeitig eifersüchtig werden, wenn die eigene Frau sich mal ein bisschen umschaut, geht doch gar nicht! Ich gehe wenigstens nicht heimlich fremd. Gemeinsam swingen ist ja wohl etwas anderes, oder? Hast du selbst gesagt."

„Zweifellos", pflichtete ich ihr bei und überlegte, wie ich das wohl finden würde, wenn Steffen einen heimlichen Seitensprung hätte. Der Gedanke gefiel mir ganz und gar nicht – und ich streifte ihn sofort wieder ab. Schließlich gab es nicht die geringste Veranlassung zu glauben, dass auch Steffen so etwas tat. Warum sollte er auch? Er konnte seine Lust auf fremde Haut gemeinsam mit mir ausleben. Unsere Beziehung und unser Sex waren einfach wundervoll, stellten der Liebesengel und die Erotikfee in mir fest. Mir ging es einfach gut mit dem Mann an meiner Seite. Auch nach zehn Jahren Beziehung hätte ich kaum verliebter sein können.

An einer Weggabelung schlugen wir den Pfad zu einem alten Trappistenkloster ein. Es war schon seit fast 200 Jahren verlassen, wie uns der Wanderführer verriet, aus dem Maik nun wieder vorlas. Es sei aber noch immer sehenswert. Steffen und ich hatten eine Vorliebe für solche alten Gemäuer, und auch Sandra und Maik waren noch nie hier gewesen. Also schauten wir uns die Ruinen an, in denen vor Jahrhunderten fromme Männer gelebt hatten.

Während wir, wie ein paar andere Wanderer auch, durch die verfallene Anlage streiften, spürte ich wieder mehr Leichtigkeit in unserer kleinen Gruppe. Maik enthuschte hin und wieder ein Lächeln in meine Richtung, er fasste mich gelegentlich an und vor allem ging er auch mit seiner Frau zeitweise Hand in Hand. Sollte unser Vierer am Felsen bei ihm Irritationen ausgelöst haben, so waren die mittlerweile wohl wieder verflogen. Erleichtert zwinkerte ich ihm zu und hakte mich bei Steffen ein.

Unter einem schattigen Baum innerhalb der Klosteranlage ließen wir uns nieder und packten unser Essen aus. Bei Baguette, Käse, Schinken, Wasser und leider viel zu warmen Energydrinks genossen wir die spektakuläre Aussicht auf die vorgelagerte Insel. Wir waren hier noch immer mehrere Hundert Höhenmeter über dem Meer, weshalb man einen phantastischen Blick hatte. Von der alten Mauer ganz in der Nähe unseres Rastplatzes hielt ich lieber etwas Abstand. Schließlich ging es dahinter sehr tief senkrecht nach unten, wie ich bei einem kurzen Blick entsetzt feststellte. Aber an dem Blick aufs Meer und die kleine Insel Sa Dragonera konnte ich mich dennoch nicht stattsehen.

Als wir unser Essen beendet hatten, hätte ich mich am liebsten zu einem kleinen Mittagsschlaf ausgestreckt. Allerdings war unser Rastplatz nicht so bequem, dass man das problemlos hätte tun können. So schmiegte ich mich an Steffen, der liebevoll seinen Arm um mich legte und mir mit der Hand durchs Haar strich. Ich schaute ihn an und gab ihm einen Kuss. Eigentlich sollte das nur ein Küsschen werden, entwickelte sich dann aber ganz von selbst zu einem langen, intensiven Zungenkuss. Als wir uns wieder voneinander lösten, schaute ich ihn verliebt an und war glücklich, dass ich von ihm den gleichen Blick bekam.

Erst jetzt bemerkte ich, dass Maik, der auf der anderen Seite ebenfalls neben mir saß, seine Hand auf meinem Bein hatte. Ich schenkte ihm ebenfalls ein Lächeln – wenn auch von einer anderen Art, als jenes, mit dem ich gerade Steffen angeschaut hatte. Aber wie zuvor meinem Mann, gab ich auch Maik einen Kuss. Und auch dies wurde ein ausgedehntes Spiel von Lippen und Zungen. Anschließend küsste ich noch einmal Steffen. Es ging mir einfach gut, ich fühlte mich wohl zwischen den beiden Männern.

Dabei fiel mein Blick auf einen anderen Besucher des Klosters, der in der Nähe saß und mich mit offenem Mund und großen Augen anstarrte. Vermutlich hatte er noch nicht allzu viele Frauen gesehen, die erst einen und dann einen anderen Mann küssten. Die Teufelin in mir prickte mich, seine Verwirrung noch zu vergrößern. Ich lehnte mich zu Sandra hinüber und küsste auch sie – ebenso intensiv wie zuvor die beiden Männer. Dann setzte ich mich wieder zurück, kuschelte mich an Steffen und legte eine Hand auf Maiks Bein, ohne den fremden Zuschauer weiter zu beachten. Aber er sieht dich an, flüsterte meine Teufelin. Und seine Augen sind ganz bestimmt nicht kleiner geworden. Ich war mir sicher, dass sie recht hatte.

Als wir kurz darauf aufbrachen, waren die Blicke des Fremden, der wie erstarrt auf einem kleinen Felsen saß, tatsächlich noch immer auf uns gerichtet. Ich spürte förmlich, wie er uns nachstarrte als wir uns entfernten. Unwillkürlich wackelte ich beim Gehen mehr als nötig mit meinem Po und grinste in mich hinein.

Die Mönche vergangener Zeiten wären entsetzt gewesen.

Auf dem Rückweg nach Sant Elm musste ich abermals meine Höhenangst überwinden, was mir aber leichter fiel als auf dem Hinweg – obgleich es an der kritischen Stelle nun bergab ging und ich zwangsläufig auch nach unten schauen musste. Aber dass wir nach dem Pass vorwiegend bergab gingen, empfand ich als angenehm.

Wir machten noch einmal eine längere Pause an einer Stelle, an der wir das wundervolle Panorama der Küstenlandschaft bewundern konnten. Obgleich wir dort allein waren, hatten die anderen nach dem erotischen Wandertag wohl nicht mehr so recht die Energie für erotische Spielchen. Ganz abgeneigt wäre ich ja nicht gewesen; irgendwie fühlte ich mich noch immer unbefriedigt – was ich ja auch war. Doch jeder war mehr oder weniger bei sich und seinen Gedanken. Steffen bewunderte die Landschaft und beschrieb sie in blumigen Worten.

„Sogar die nackte Felswand erscheint ganz warm im weichen Abendlicht", sagte er beim Betrachten der Bergformation vor uns.

„Ist doch klar, dass dir das gefällt. Ist ja auch DIE Felswand", konnte ich mir nicht verkneifen zu erwidern. „Und nackt ist sie auch noch."

Steffen schaute mich mit einem schiefen Ich-mag-deinen-Humor-nur-manchmal-Blick an, konnte sich aber ein Grinsen nicht verkneifen.

„Ja ja", frotzelte nun auch Sandra. „Weiblich und nackt – das zieht bei Männern immer."

„Und wie ist es mit männlich und nackt?", frage Maik.

„Zeig mal", entgegnete ich.

Doch auch Maik beließ es bei einem undefinierbaren Grinsen, und unsere erotischen Anspielungen verplätscherten. So zogen wir irgendwann weiter und waren froh, als wir bald darauf unsere Autos erreichten. Hinter uns lagen lange Bergpfade – und aufregender Sex an ungewöhnlichen Orten. Kein Wunder, dass wir alle müde waren.

Sechs Hände und ein Zuschauer: Der Strand von Es Trenc

Sandra und Maik schlugen vor, zum Abendessen zu ihnen zu fahren, und wir nahmen die Einladung gern an – obgleich der Weg weiter war als zu unserer Ferienwohnung. Es stand aber gar nicht mehr die Frage im Raum, ob wir nach dem erotischen Wandertag auch noch den Abend gemeinsam verbringen wollten, sondern lediglich die Frage: zu euch oder zu uns? Mir war es ganz lieb, dass die beiden sofort ihre eigene Wohnung ins Spiel brachten und wir nicht in die Verlegenheit kamen, sie zu uns einzuladen. Das hätten wir zwar auch gemacht, aber nachdem Maik ja bereits ohne Sandras Wissen bei uns gewesen war, hätte sich das für mich nicht ganz stimmig angefühlt. Im selben Bett mit den beiden einen Vierer zu erleben, in dem Maik einige Tage zuvor mit mir seine Frau betrogen hatte, hätte mich dann doch ein wenig verwirrt und möglicherweise gehemmt. Und ich war mir sicher, dass es nun noch einmal Sex zu viert geben würde. Unsere Freunde hatten sicherlich nicht die Absicht, uns lediglich ihre Zimmerpflanzen zu präsentieren.

Allerdings wollten die beiden uns auf dem Weg zu ihrer Wohnung einen FKK-Strand zeigen, der auch in der Swingerszene recht beliebt sei, wie sie erklärten, als wir dort wieder aus dem Auto stiegen.

„Ist das hier gewissermaßen ein Outdoor-Swingerclub?", wollte Steffen wissen.

„Nein, das nicht", entgegnete Maik, während wir barfuß durch den Sand von Es Trenc gingen. „Aber gegen Abend und vor allem hinten in den Dünen kann man gelegentlich doch so manches zu sehen bekommen, wenn man Glück hat."

Viel los war hier allerdings nicht. Das mochte sowohl am Monat als auch an der fortgeschrittenen Uhrzeit liegen. Hier und da sah man zwar Menschen, die in der warmen Abendsonne lagen, aber sie waren eher vereinzelt über den weiten Strand verstreut. Und obgleich das hier ein FKK-Gebiet war, waren keineswegs alle nackt – manche aber schon. Ich konnte mir nur schwer vorstellen, dass es hier in der Hochsaison vor Menschen wimmeln sollte, aber Sandra und Maik versicherten uns, dass dies der Fall sei. Ich war froh, dass es heute anders war. Mir stand eher der Sinn nach einem ruhigen Blick in den Sonnenuntergang.

Unsere Freunde führten uns in die Dünen und breiteten die große Decke aus, die sie aus ihrem Auto mitgebracht hatten. Wir streiften unsere Sachen ab, und genossen die sanfte Abendsonne auf der nackten Haut. Ich legte mich auf den Rücken, schloss die Augen und entspannte mich.

Allerdings nicht allzu lange. Irgendwann hatte ich eine Hand auf meinem Bein, und dann eine zweite auf dem anderen Bein. Ich beschloss, es einfach entspannt hinzunehmen und nicht darüber nachzudenken oder gar nachzuschauen, wem welche Hand wohl gehören mochte. Die Finger strichen zärtlich über meine Haut; es fühlte sich einfach nur liebevoll an. Als eine Hand zwischen meine Oberschenkel glitt, öffnete ich diese leicht. Das wurde offenbar als Einladung für mehr verstanden – obgleich ich in diesem ruhigen Augenblick gar nicht so recht wusste, ob ich überhaupt mehr wollte. Doch es waren umgehend auch Finger an meiner Muschi, und ich öffnete meine Beine noch weiter.

Irgendwie war das bei mir fast schon ein Reflex: Schob sich eine Hand zwischen meine Oberschenkel, öffneten sich diese. Jedenfalls wenn ich sicher sein konnte, dass ich es mit einem angenehmen Menschen zu tun hatte. Zudem spürte ich jetzt auch Lippen an meinen Brüsten. Eine Zunge umkreiste einen der Nippel, kurz darauf eine andere Zunge den anderen. Als dann aus dem Streicheln zwischen meinen Beinen ebenfalls ein Lippen- und Zungenspiel wurde, war mir klar, dass die anderen alle drei mit mir beschäftigt waren. Wollten sie mich dafür entschädigen, dass ich vorhin am Felsen unbefriedigt geblieben war? Das wäre natürlich eine schöne Geste von ihnen. Aber vielleicht hatten sich die sechs Hände auch eher zufällig auf meiner Haut versammelt. Hör auf zu denken, raunte meine Erotikfee. Ich gehorchte und genoss.

Nach einer kurzen Weile ließ ich lediglich meine Hände nach rechts und links tasten, wo sie über männliche Beine hinweg erst einen und dann einen zweiten Schwanz zu fassen bekamen. Es waren also Steffen und Maik, die meine Brüste liebkosten, während Sandra mich auf ihre besonders hingebungsvolle und zärtliche Art zwischen meinen Oberschenkeln verwöhnte – ganz anders, als ein Mann dies tun würde. Deshalb hatte ich auch schon vor dem Tasten meiner eigenen Hände ganz stark vermutet, dass Sandra es war, die meine intimste Stelle liebkoste.

Ihre Lippen küssten ganz sanft um meine Muschi herum, gefolgt von ihrer Zunge, die dann mit viel Feuchtigkeit über meine Schamlippen strich und schließlich dazwischen eintauchte. Sie leckte sehr gefühlvoll, wobei sie gleichsam zufällig und eher nach und nach auch meinen Kitzler einbezog, bis sie sich diesem immer mehr widmete und ihr Lecken verstärkte. Sie machte es einfach wundervoll und hörte nicht damit auf, bis ich einen Höhepunkt hatte. Keinen von der Art, den ich hinausschreien wollte, sondern eher einen von der sanften, ruhigen Art, der gleichwohl meinen ganzen Körper durchströmte. Und da Sandra dabei ihre Zunge noch immer leicht gegen meinen Kitzler drückte, hatte ich das Gefühl, dass dieser Orgasmus kaum enden wollte. Dass die beiden Männer während der ganzen Zeit fortwährend meine Brüste und vor allem die Nippel liebkosten, verstärkte diesen prickelnden und wohligen Schauer. Ich wand mich unter den Berührungen dieser drei Menschen.

Als der Höhepunkt schließlich doch abgeklungen war, öffnete ich die Augen und strahlte Sandra an. Sie hatte sich jetzt zwischen meinen Beinen aufgerichtet, erwiderte mein Lächeln und warf mir einen Luftkuss zu. Sie war schön anzusehen, wie sie da saß. Ich löste meinen (zwischenzeitlich wohl etwas heftigen) Griff von den Schwänzen der beiden Männer und streckte meine Hände zu ihr aus. Ich streichelte ihre vollen Brüste, während auch sie ihre Finger zu meinem Busen gleiten ließ. Die Männer zogen sich etwas zurück und sahen uns nur noch zu. Sandra legte sich nun auf mich und küsste mich. Nicht wild und leidenschaftlich, sondern sanft und zärtlich – ebenso sanft und zärtlich, wie sie mich zuvor zum Höhepunkt gebracht hatte. Ihr Kuss schmeckte nach meiner Feuchtigkeit, und ich bekam Lust, mich für den wundervollen Orgasmus zu revanchieren, den sie mir beschert hatte.

Oh ja, dachte ich, als wir uns nach dem Kuss in die Augen sahen. Ich wollte Sandras Feuchtigkeit noch einmal schmecken, sie verwöhnen und mit meiner Zunge genau das tun, was sie grad eben mit mir getan hatte. Ich drückte sie sanft auf den Rücken und begab mich mit meinen Lippen auf Wanderschaft über ihren schönen Körper.

„Wir haben Zuschauer", hörte ich jedoch Maiks Stimme, als ich gerade bei ihren Brüsten angelangt war.

Ich weiß gar nicht, ob mich das jetzt (und vor allem in den Dünen dieses Strandes) wirklich gestört hätte.

Aber Maiks sachliche Feststellung vertrieb den Zauber zwischen Sandra und mir ziemlich abrupt, was sie offensichtlich ebenso empfand wie ich. Beide setzten wir uns auf, schauten uns um, und entdeckten einen wohlgenährten, älteren Mann mit sparsamer Frisur, der sich ganz in unserer Nähe niedergelassen hatte. Er saß nackt auf einer Decke und rieb seinen steifen Schwanz. Vermutlich machte es ihn an, was er zu sehen bekommen hatte – was allerdings nicht auf Gegenseitigkeit beruhte. Bei seinem Anblick ging meine Erotikfee instinktiv in Deckung.

Schade, dachte ich. Wäre es ein junger, sportlicher Mann gewesen (etwa wie der, der vor einigen Tagen für mich ins kalte Mittelmeer gestiegen war), hätte ich sogar in Erwägung gezogen, ihn zum Mitspielen einzuladen – irgendwann im Laufe des Liebesspiels jedenfalls. Heiß genug für eine solche Variante wäre ich gewesen. Vielleicht nicht umgehend, aber möglicherweise etwas später – zum Beispiel dann, wenn ich wieder aus Sandras Schoß aufgetaucht wäre, wo jetzt lediglich meine untätige Hand lag. Diesem Mann hier nun aber eine Liveshow für seine Selbstbefriedigung zu bieten, behagte mir nicht. Auch wenn ich natürlich wusste, dass ich so etwas bei diversen Besuchen in Swingerclubs schon mehrfach getan hatte. Denn Zuschauer hatte man da fast immer – ob man wollte oder nicht. Aber während mich fremde Blicke im Club durchaus reizten und zusätzlich anmachten, störten sie mich in dieser Situation nun doch.

Sandra sah das offensichtlich ebenso wie ich. Sie sah mich an und schüttelte den Kopf. Gleichzeitig standen wir auf und begannen, uns wieder anzuziehen. Outdoor-Sex brachte eben immer das Risiko mit sich, gestört zu werden. Das hatten wir heute nun schon zum zweiten Mal erlebt. Ein Jammer!

Steffen und Maik folgten uns notgedrungen, auch wenn man ihnen ansah, dass sie lieber weitergemacht hätten. Allein ihre noch immer halbsteifen Schwänze zeigten das deutlich. Sie hätten sich sicherlich irgendwann wieder in das Spiel von Sandra und mir eingemischt, und das wäre ja auch sehr reizvoll gewesen. In meinem Kopfkino spielte sich ein sekundenschneller Film von einem wilden Vierer auf der Decke ab – und das mit etwas weicherer Unterlage als vorhin am Felsen. Nicht ein eher getrennter Partnertausch wie in den Bergen, sondern ein fröhliches Durcheinander zweier Paare (wie wir es besonders mochten). Ich sah den Männern an, dass auch sie es bedauerten, diesen Film nicht zu verwirklichen. Tja, dachte ich nur. Da hätte Maik eben nichts über den Zuschauer sagen dürfen.

Wir nahmen unsere Sachen und machten uns auf den Rückweg zu den Autos. Ich war ein klein wenig versucht, dem nackten Fremden noch ein Wackeln mit dem Po zu zeigen, wie ich es dem fremden Wanderer im Kloster präsentiert hatte, ließ es aber. Stattdessen schaute ich mich noch einmal nach dem Mann um. Er war jetzt aufgestanden, sah uns nach und bearbeitete noch immer ungeniert sein bestes Stück. Nun ja, dachte ich, jeder hatte seine Art der Sexualität. Auch ich hatte es mir im Swingerclub beim Anblick einer heißen Szene durchaus schon selbst gemacht.

Meist jedoch hatte ich dafür liebe Menschen gehabt, die mich zum Höhepunkt gebracht hatten – so wie grad eben Sandra.

„Du hast toll geleckt", sagte ich zu ihr, während wir barfuß an der Wasserlinie entlanggingen und unsere Füße ein wenig nass werden ließen. „Ich hatte das Gefühl, mein Orgasmus wollte gar nicht aufhören."

„Schön", entgegnete sie zufrieden lächelnd und hängte sich bei mir ein. „Es geht ja wohl auch nicht an, dass du als einzige heute unbefriedigt bleibst."

„Das hast du vorhin am Felsen bemerkt?"

„Natürlich habe ich das. Da ist das jetzt ja nur ein fairer Ausgleich, dass du als einzige einen Höhepunkt erlebt hast."

Ich strahlte Sandra an. Ich mochte diese Frau.

Paella und getrennte Betten: 90 Quadratmeter Spanien

Mir gefielen die 90 Quadratmeter, die die beiden in dem kleinen Ort im Südosten der Insel gekauft hatten. Der Stil ihrer Wohnung war spanisch schlicht, mit Steinfußboden und einer Küche, die zum Wohnzimmer hin offen war. Sandra verschwand als erste im Bad, und wir blieben zu dritt im Wohnzimmer zurück.

„Schön, dass ihr nichts verraten habt", sagte Maik, als wir das Wasser der Dusche rauschen hörten.

„Warum sollten wir?", entgegnete Steffen achselzuckend und gab damit auch meine Gedanken wieder.

„Das ist etwas zwischen euch", fügte ich hinzu. „Da mischen wir uns nicht ein."

Maik lächelte dankbar und entspannte sich. Jedenfalls fürs Erste.

„Das war Neuland für euch, oder?", nahm Steffen das Gespräch später wieder auf, als wir alle frisch geduscht am Esstisch saßen und die beste Paella aßen, die ich je gekostet hatte.

„Du meinst Sex zu viert?", entgegnete Sandra. „Ja, das hatten wir am Samstag im Club zum ersten Mal. Jedenfalls in dieser Form, wo wirklich Partnertausch stattfand – und nicht nur Bi-Sex."

Dabei schaute sie Maik sehr verliebt an – während der jetzt wieder seinen undefinierbaren Schneckenhaus-Blick aufsetzte. Kein Zweifel: Sie war weit mehr einverstanden mit der ganzen Entwicklung als er. Maik schwankte in seinen Gefühlen permanent hin und her. Ich hatte den Eindruck, dass er es zwar einerseits geil fand, was wir zu viert taten, er es andererseits aber nur so halb akzeptieren konnte, dass seine Frau Sex mit einem anderen Mann hatte.

„So ganz glücklich wirkst du damit ja nicht", sagte ich schließlich ganz direkt zu ihm.

Er legte seine Gabel zur Seite, lehnte sich im Stuhl etwas zurück, atmete tief durch und sagte schließlich: „Was heißt glücklich? Ich fand den Sex mit dir geil, gar keine Frage. Und ich wäre der Letzte, der sich verschließen würde, wenn es heute Abend noch mehr davon geben sollte."

Maik hielt inne, doch der Tonfall ließ noch eine Fortsetzung des Satzes erwarten.

„Aber?", hakte Steffen nach.

„Aber ich habe noch immer einige Schwierigkeiten damit, meine Frau beim Sex mit einem anderen Mann zu sehen."

Aha, dachte ich nur. Ich hatte also ganz richtig vermutet.

„Das musst du ja nicht unbedingt sehen", warf Sandra ein.

Maik schaute sie fragend an und sie fügte hinzu: „Du könntest mit Kirsten im Wohnzimmer bleiben, und ich gehe mit Steffen ins Schlafzimmer. Was haltet ihr davon?"

„Oha", entgegnete Steffen schmunzelnd. „Partnertausch in getrennten Räumen. Das ist Swingen der fortgeschrittenen Art."

„Mögt ihr so etwas nicht?", fragte Sandra.

„Uns macht es beide sehr an, wenn wir uns beim Partnertausch gegenseitig zuschauen können. In getrennten Räumen haben wir das zwar nicht, aber wir haben das durchaus auch schon gemacht. Ich wäre dabei", sagte ich lächelnd und schaute Maik vielsagend an.

„Ich auch", fügte Steffen umgehend hinzu – woraufhin sich nun drei Augenpaare auf Maik richteten.

Der saß auf seinem Stuhl, als hätten wir ihn mit unseren Blicken dort festgenagelt. Zunächst schwieg er und starrte ins Leere, schließlich aber zuckte er mit den Schultern und sagte: „Also gut, Partnertausch in getrennten Räumen. Aber ich möchte mit Kirsten das Schlafzimmer."

Alle lachten. Dabei war das für Maik offenbar durchaus wichtig. So konnte er sich wenigstens ein klein wenig die Illusion bewahren, die Situation bestimmen zu können, analysierte die Hobbypsychologin in mir. Dabei musste ihm eigentlich längst klar sein, wie sehr ihm seine selbstbewusste Frau in den vergangenen Tagen das Heft aus der Hand genommen hatte. Und wir hatten es ausgelöst, stichelte die Teufelin in mir. Quatsch, stellte meine Realistin fest. Ausgelöst hat Maik das selbst – durch sein Fremdgehen.

Wir blieben jedoch noch eine Weile am Esstisch sitzen, öffneten eine zweite und auch noch eine dritte Flasche Rotwein. Unsere Gespräche entfernten sich wieder vom Thema Swingen, es ging mehr um Mallorca, das Wandern, den Tourismus, unsere Jobs. Bis irgendwann Sandra plötzlich aufstand, sich ganz ungeniert auf Steffens Schoß setzte, ihre Arme um seinen Nacken schlang und ihn küsste.

Das nenn ich mal Initiative ergreifen, dachte ich. Mein erster Impuls war, es ihr gleichzutun und auf Maiks Schoß zu hüpfen, aber fürs Erste sah ich einfach nur gebannt zu, wie die beiden da saßen und knutschten und sich Steffens Hand unter Sandras kurzes Sommerkleid schob. Er begann, sie zu befummeln, und ihre Küsse wurden gieriger. Dass ihre jeweiligen Ehepartner mit am Tisch saßen, hatten sie wohl bereits ausgeblendet. Jedenfalls hatten beide kein Auge mehr für uns – was ich eigentlich nicht so toll fand.

So stand ich auf, ging zu ihnen und mischte mich in ihr Lippenspiel ein. Ich gab beiden einen Kuss auf die Wange, sie lösten ihre Lippen voneinander, ich gab Steffen einen richtigen Kuss und dann auch Sandra.

„Viel Spaß ihr zwei", sagte ich. Und bevor ich mich von ihnen löste, fügte ich an Sandra gewandt hinzu: „Erlaub ihm einen Busenfick. Das liebt er."

„Er darf mich ficken wie immer er will", entgegnete sie, und ich wusste, dass sie das auch so meinte. Die beiden würden eine aufregende Nacht auf dem Schlafsofa vor sich haben.

„Ich glaube, wir stören", sagte ich nun zu Maik und gab ihm meine Hand. Er stand zögernd auf, gab seiner Frau einen Kuss und ging dann mit mir ins Schlafzimmer. Bevor er die Tür hinter uns schloss, schaute er noch einmal mit einer Mischung aus Wehmut und Geilheit ins Wohnzimmer zurück. Geilheit überwog – glücklicherweise. Und mit genau diesem Blick fixierte er im Schein der Straßenlaterne, der von draußen hereindrang, anschließend mich. Er umarmte und küsste mich und ich ließ mich von ihm ausziehen. Nackt setzte ich mich schließlich auf die Kante des Bettes, öffnete den Gürtel seiner Hose und ließ sie nach unten rutschen – allerdings weitaus langsamer, als er das gerade mit mir getan hatte. Er stieg aus der Hose, befreite sich fast gleichzeitig vom T-Shirt und trug nun nur noch seinen Slip, unter dem sich dicht vor meinem Gesicht eine große Beule abzeichnete. Ich legte behutsam meine Lippen darauf und spürte sofort seine Hände, die meinen Kopf stärker dagegen drückten. Er hatte es nun viel zu eilig, stellte ich fest und beschloss, mich nicht auf sein Tempo einzulassen. Jedenfalls noch nicht.

Ich ließ meine Finger langsam und sanft über den Stoff seines Slips wandern, küsste die Ausbeulung erneut, streichelte sie wieder, ließ meine Lippen um den Slip herumwandern, küsste Bauchnabel und Oberschenkel und steckte einen Finger von unten in den Slip hinein. Nur ein klein wenig, dann zog ich ihn wieder heraus. Dann einen anderen Finger von oben, dann einen Finger schräg von der Seite. Schließlich nahm ich den Bund seines Slips zwischen die Zähne und zog ihn herunter. Mithilfe der Finger dann noch etwas tiefer, und plötzlich schnellte sein steifer Schwanz hervor und sprang mir regelrecht ins Gesicht, während der Slip zu Boden fiel.

Der Druck seiner Hände an meinem Kopf wurde stärker. Zweifellos wollte er in meinen Mund. Ich erfüllte ihm den Wunsch, wenn auch nicht umgehend. Zunächst pustete ich nur gegen seine Eichel, kraulte die Eier, leckte vorsichtig und öffnete schließlich meine Lippen. Bevor ich ihn jedoch von mir aus in den Mund nehmen konnte, stieß er mir seinen Schwanz bereits hinein – etwas zu heftig für meinen Geschmack, aber ich schloss die Lippen fest darum und begann ihn zu blasen. Wobei Maik keineswegs untätig blieb. Eigentlich blies ich ihn weniger, als dass er mich in den Mund fickte. Ganz offensichtlich hatte er in diesem Augenblick ein heftiges Verlangen nach dieser Spielart. Und er brachte es wohl nicht über sich, mich einfach machen zu lassen.

Vor meinem geistigen Auge erschien das Bild vom Nachmittag, als Steffen neben dem Felsen gestanden und mit seinem Schwanz in Sandras Mund das Gleiche getan hatte wie Maik nun mit mir – nur, dass Steffen wohl nicht so heftig gewesen war wie Maik jetzt. Der Gedanke erregte mich dennoch, und ich fragte mich, ob Maik vielleicht in diesem Augenblick den gleichen Gedankenblitz haben mochte. Das wäre zumindest eine Erklärung für die Heftigkeit, mit der er mir seinen Schwanz in den Mund gestoßen hatte.

Er soll bloß nicht glauben, dass wir jetzt das nachspielen, was seine Frau und dein Mann vorhin in den Bergen getan haben, flüsterten meine Erotikfee und meine Mahnerin in seltener Eintracht. Oh nein, dachte ich. Das hier ist unser Sex, und der hat seine eigene Choreografie. Dennoch blies ich ihn weiter, umklammerte mit der Hand aber seinen Schwanz und übernahm so die Kontrolle darüber, wie tief und wie heftig er in meinen Mund hineindurfte – was er schließlich auch akzeptierte.

Bald aber beendete ich mein Lippenspiel, rutschte weiter auf das Bett und ließ mich auf den Rücken fallen.

„Ich will deine Zunge spüren", sagte ich zu ihm, während ich die Beine öffnete.

Und plötzlich hatte ich ein anderes Blitzlicht: Unser Dreier in der Ferienwohnung. Aber diesmal gab Maik mir keinen Korb. Im Gegenteil. Geradezu gierig schob er seinen Kopf zwischen meine Oberschenkel und ich spürte, wie sich seine Zunge zwischen meine Schamlippen schob und dort zu rotieren begann. Warum war er nur so heftig? Weil er sich vorstellt, was dein Mann gerade mit seiner Frau tut, flüsterte meine Erotikfee. Vermutlich hatte sie recht. Der Gedanke an das, was sich nun wohl gleichzeitig im Wohnzimmer abspielen musste, ließ mich ja auch keineswegs kalt. Im Gegenteil! Dennoch war es mir natürlich lieber, mich auf den Mann zwischen meinen Beinen zu konzentrieren als auf die zwei Menschen jenseits der Schlafzimmertür.

Unwillkürlich hielt ich Maiks Kopf fest, sein Lecken erstarb, ich gab seinen Kopf wieder frei und er leckte weiter – zwar längst nicht so zärtlich wie seine Frau das am Strand getan hatte, aber doch deutlich sanfter als eben noch. Er hatte die Botschaft meiner Hände verstanden. Ich hoffte, dass er nun auch innerlich mehr bei mir sein würde als im Wohnzimmer. Als ich spürte, wie er einen Finger in mich hineinsteckte, während er mit der Zunge nun deutlich gefühlvoller meinen Kitzler umspielte, ließ ich seinen Kopf ganz los und genoss seine Liebkosungen. Ich spürte, wie sich in mir ein Höhepunkt ankündigte und überließ mich dem, was er da in meinem Schoß tat.

Leider bemerkte er aber offensichtlich nichts von meinem nahenden Orgasmus. Denn er brach sein Lecken zu früh ab, gab mir noch einen Kuss auf die

Muschi und richtete sich dann vor mir auf. Ich sah zu, wie er zu einem der Kondome griff, die Steffen mir vorhin zugesteckt hatte, und sich das Gummi über den Schwanz rollte. Ich lag da, öffnete meine Beine und erwartete ihn. Er legte sich auf mich, und sein steifer Schwanz fand leicht den Weg in meine nassgeleckte Muschi – wobei sie sicher nicht nur von Maiks Speichel so feucht war.

Während er mich zu ficken begann, drückte er seine Lippen auf meinen Mund. Zu meinem Erstaunen, küsste er nun ganz sanft, und auch seine Stöße waren eher soft. Das durfte er gern noch steigern, dachte ich und drückte ihm meinen Schoß entgegen. Er wurde etwas schneller und auch etwas kräftiger.

„Ja", stieß ich hervor. „So, ganz genau so!"

Maik lächelte, drückte meine Handgelenke aufs Bett und steigerte sein Tempo abermals. Aha, dachte ich, der Mann möchte wieder die Kontrolle übernehmen. Ich machte keine Anstalten, meine Hände seinem Griff zu entwinden. Jetzt durfte er gern bestimmen. Jedenfalls fürs Erste.

Dann hörten wir Sandra. Ihr Orgasmusschrei war so laut, dass er sicher auch außerhalb der Wohnung zu hören gewesen war.

„Ist aber hellhörig hier", sagte ich in einem Ton, als würden wir über das Wetter reden.

„Ja", entgegnete Maik. „Viel zu hellhörig. Bist du auch so laut, wenn es dir kommt?"

„Find es heraus", flüsterte ich nun kaum hörbar und sah ihn mit funkelnden Augen an.

Er schaute ernst und fühlte sich offensichtlich angespornt. Jetzt ficke ich dich zum Orgasmus, schien sein Blick zu sagen. Ja, tu es, erwiderten meine Augen. Seine Stöße wurden zwar nicht schneller, aber heftiger. Außerdem veränderte er den Winkel. Nur ganz leicht, aber genau richtig. Vielleicht spürte er, wie ich es jetzt haben wollte. Jedenfalls war es geradezu perfekt, wie er es nun machte. Ich ahnte, dass es mir bald kommen würde. Er sollte jetzt ja nicht aufhören, dachte ich.

„Weiter", flüsterte ich ihm zu. „Mach weiter! Ganz genau so! Nicht aufhören, jetzt nicht aufhören!"

Ich kannte diese Art und Weise, in der sich mein Höhepunkt nun ankündigte, nur zu gut. Die kleinste Veränderung hätte ihn verhindern können, weshalb ich sehr darauf bedacht war, dass Maik ganz genau so weitermachte, wie er es gerade tat. Und nun enttäuschte er mich nicht. Während er mit seinen Händen noch immer meine Handgelenke auf dem Bett fixierte, tat er das, was ich von ihm wollte. Er fickte genau im gleichen Rhythmus weiter, genau im gleichen Winkel, genau mit der gleichen Heftigkeit. Nicht lange nach Sandra schrie auch ich meinen Höhepunkt heraus – mit Sicherheit laut genug, dass ich damit meinem Liebsten im Nebenzimmer ein Lächeln ins Gesicht zaubern konnte. Maik hielt inne, blieb aber in mir.

„Warum hast du Sandra vorhin eigentlich aufgefordert, dass sie Steffen einen Busenfick erlauben soll?", fragte er mich.

„Weil er das liebt und sie eine tolle Oberweite hat."

„Aber das würden die beiden doch auch ohne deine Ermunterung hinbekommen."

„Natürlich können die beiden das auch allein", erwiderte ich. „Aber ich wollte sie ein bisschen anheizen."

„Und wie steht es mit dir?", fragte er. „Liebst du auch Busenfick?"

„Ich habe nichts dagegen. Aber ich habe natürlich nicht Sandras große Brüste."

„Zu klein dafür sind sie aber auch nicht."

Dem konnte ich nicht widersprechen; ich hatte das durchaus schon so einige Male erlebt – und das nicht nur mit Steffen. Natürlich war ich keineswegs erstaunt, als Maik sich nun aus mir zurückzog, sich über mich hockte, seinen Schwanz vom Gummi befreite und ihn zwischen meine Brüste schob. Ich drückte sie mit den Händen von beiden Seiten gegen sein hartes Teil, und er begann, sich hin- und her zu bewegen. Ich sah ihm an, wie es ihn erregte.

Bald darauf aber krabbelte er noch ein Stück höher und schob mir seinen Schwanz zwischen die Lippen. Wie vorhin schon auf der Bettkante, fickte er mich in den Mund. Als er sein Tempo dabei immer mehr steigerte, ahnte ich, was er wollte – und ich war keineswegs gewillt, es ihm zu geben. Unmittelbar bevor es ihm kam, öffnete ich meine Lippen drückte seinen Schwanz mit der Hand aus meinem Mund heraus und drehte meinen Kopf zur Seite. Im nächsten Augenblick sprudelte sein Sperma heraus, traf mich an der Wange, am Ohr, im Haar. Als Maik erkannte, dass sein Saft nichts in meinem Mund zu suchen hatte, rutschte er wieder etwas tiefer und hinterließ dabei eine Spermaspur, die über meinen Hals bis zu meinen Brüsten reichte, wo sie endete. Erneut drückte er seinen Schwanz dazwischen. Noch immer quoll ein wenig heraus und verschmierte mir den Busen.

Als Maiks Orgasmus verklungen war, legte er sich erschöpft neben mich und sah mich an.

„Sperma im Mund magst du nicht?", fragte er mit einem leicht enttäuschten Unterton.

„Manchmal ja, manchmal nein. Ist sehr stimmungsabhängig."

„Und vermutlich auch partnerabhängig, oder?"

„Ja, das natürlich auch."

„Darf Steffen dir in den Mund spritzen?"

„Klar darf Steffen das."

„Und andere Männer?"

„Gelegentlich. Aber sehr gelegentlich."

„Sandra hat sich von Steffen heute Nachmittag in den Mund spritzen lassen."

„Hab ich nicht übersehen. Aber das war ihre Entscheidung. Das heißt nicht automatisch, dass du mit mir das Gleiche tun darfst."

„Und deine Entscheidung war jetzt, dass ich das nicht durfte?"

„So ist es."

„Ist aber etwas ungleichgewichtig, wenn dein Mann mit meiner Frau mehr machen darf als ich mit dir. Vielleicht schluckt sie jetzt in diesem Augenblick grad schon wieder sein Sperma."

„Möchtest du hingehen und nachsehen?"

„Quatsch!", entgegnete er in einem Ton, bei dem ich beinahe den Eindruck hatte, er könnte meine Frage ernst genommen haben.

„Was meinst du mit ungleichgewichtig?", hakte ich nach. „Meinst du ungefähr so ungleichgewichtig wie dein jahrelanges Fremdgehen bei gleichzeitigem Verbot für Sandra, auch mal fremd zu ficken?"

Maik starrte mich mit großen Augen an. In seinem Blick lag beinahe so etwas wie Entsetzen. Au weia, dachte ich. Jetzt hatte ich einen Nerv getroffen. Um die Stimmung nicht weiter kippen zu lassen, küsste ich ihn. Sehr weich und sehr gefühlvoll. Nach wenigen Sekunden ließ er sich darauf ein und küsste mich ebenfalls. Als wir dabei plötzlich von nebenan einen erneuten Orgasmusschrei hörten, mussten wir lachen. Maik nahm mich liebevoll in den Arm, ich kuschelte mich bei ihm ein und wir sprachen nicht weiter über Sperma oder Seitensprünge.

Was folgte, war eine Nacht mit viel Zärtlichkeit, in der wir auch noch einmal zusammen schliefen. Wir redeten nicht mehr viel, sondern verwöhnten uns gegenseitig. Ich ließ mich jedoch nicht darauf ein, mir von Maik in den Mund spritzen zu lassen. Aber er unternahm auch keinen weiteren Versuch in der Richtung.

Ich hatte es beim Swingen schon mehrfach erlebt, dass ein Mann sein Sperma an allen möglichen Stellen meines Körpers hinterlassen wollte – sogar auf meinen Füßen. Warum war es manchen Männern nur so wichtig, eine Frau mit ihrem Saft zu beschmieren, fragte ich mich. Revier markieren, murmelte meine Hobbypsychologin – während meine Gedanken immer mehr in einen wüsten Traum hineinglitten und ich spritzende Schwänze sah, die meinen nackten, auf einem Felsen am Abgrund liegenden Körper mit ihrem Sperma von Kopf bis Fuß beschmierten, während Ziegen und Mönche daneben standen und die Szene fotografierten.

Was für ein Tag!

Ich hätte nicht sagen können, wie spät es wohl war, als wir schließlich einschliefen. Es war mir auch egal. Anders als Sandra und Maik hatten wir ja Urlaub. Als ich am nächsten Morgen wach wurde, bemerkte ich, dass jemand auf dem Bettrand saß und Maik liebevoll aus dem Schlaf küsste. Aber das war weder eine Ziege noch ein Mönch, sondern seine Frau.

„Wir müssen zur Arbeit", sagte sie leise, während sie ihm den Nacken kraulte. „Aber ihr könnt gern noch hierbleiben und nachher die Tür einfach hinter euch zuziehen", fügte sie an mich gewandt hinzu. „Nur gegen 14 Uhr kommt unsere Putzfrau. Die solltet ihr vielleicht nicht verwirren."

„Bis dahin sind wir längst weg", entgegnete ich und ließ meinen gerade auf Tagmodus umschaltenden Körper wieder entspannt zurücksinken. Verschlafen sah ich, wie Maik seinen nackten, durchtrainierten

Körper aus dem Bett schwang und sich reckte. Das sah gegen die Sonne, die ins Fenster fiel, sehr ästhetisch aus. Wäre ich Malerin, schoss es mir durch den Kopf, hätte es mich sicher gereizt, dieses Bild auf eine Leinwand zu bringen.

Maik blinzelte mir noch einmal zu, beugte sich über mich und gab mir einen Kuss. Dabei strich seine Hand über meinen Oberkörper, meine Brüste und das eingetrocknete Sperma, das er dort ein paar Stunden zuvor hinterlassen hatte. Ich schlang noch einmal meine Arme um seinen Nacken, zog ihn zu mir und küsste ihn mit mehr Hingabe. Dann rollte ich mich zur Seite und stellte erstaunt fest, dass dort inzwischen ein anderer Mann lag.

„Guten Morgen", sagte Steffen lächelnd und küsste mich ebenfalls.

„Gute Nacht", entgegnete ich, gab ihm einen flüchtigen Kuss und drehte mich auf die andere Seite. Ich spürte, wie Steffen sich von hinten an mich kuschelte und schlief erneut ein.

Wir lagen noch immer so da, als ich irgendwann wieder wach wurde – Steffens Schoß an meinen Po geschmiegt. Der Unterschied war allerdings, dass er nun eine Erektion hatte. Beinahe automatisch drückte ich mich ihm entgegen und spürte, wie seine Hand zu meinen Brüsten wanderte. Fast gleichzeitig schob er seinen Schwanz von hinten zu meiner Muschi. Er drang in mich ein, und wir hatten einen sanften Guten-Morgen-Fick, wie wir ihn zu Haus häufig an freien Tagen beim Wachwerden haben. Es jetzt aber allein mit meinem Mann im Ehebett eines anderen Paares zu tun, mit dem wir zuvor Partnertausch gehabt hatten, war ein eigentümlicher Zusatzkick. Ich genoss ihn.

Wir blieben jedoch nicht mehr allzu lange in der fremden Wohnung. Als ich mich im Bad frisch machte, blickte mich mein Spiegelbild ziemlich müde und ein wenig versonnen an. Viel Sex gehabt, flüsterte meine Erotikfee. Und danach siehst du auch aus, fügte meine Mahnerin hinzu. Ja, bestätigte meine Erotikfee, und mein müder Blick verwandelte sich in ein zufriedenes Lächeln. Das war wirklich viel Sex gewesen in den vergangenen 24 Stunden.

Als mein Blick auf Sandras Lippenstifte fiel, die in einem Regal aufgereiht nebeneinander standen, konnte ich nicht widerstehen, einen davon herauszunehmen und damit ein rotes Herz auf den Spiegel zu malen – versehen mit den Worten: „Ihr wart heiß!" Zudem erlaubte ich mir, den Stift auch für meine Lippen zu benutzen und anschließend neben das Herz noch einen Kuss zu setzen. Erst als die Wohnungstür hinter uns ins Schloss gefallen war, fiel mir ein, dass Sandra ja für den Nachmittag den Besuch einer Putzfrau angekündigt hatte. Würden die beiden meinen farbenfrohen Abschiedsgruß im Bad überhaupt zu sehen bekommen?

Auf dem Weg zu unserer Ferienwohnung legten wir einen Zwischenstopp in einer Bar ein, um dort zu frühstücken. Bei Croissants und Milchkaffee sprachen wir über den zurückliegenden Tag und die vergangene Nacht. Wir waren uns einig, dass Wandern mit Sex schon eine recht spannende Mischung war – wenngleich auch eine ziemlich anstrengende.

„Jetzt weiß ich auch, wie der Begriff Wandervögel entstanden ist", meinte Steffen und grinste süffisant. „Manche wandern, manche vögeln und manche machen beides."

„Ja Schatz", sagte ich, tätschelte seine Hand und fügte hinzu: „Trink noch einen Kaffee."

Er schaute mich verlegen an und wusste, dass ich über den ausgelutschten Witz nicht lachen konnte. Allein, dass ich ihn mit „Schatz" angeredet hatte, signalisierte ihm das deutlich. Das war eine der Chiffren, die wir im Laufe unserer Beziehung entwickelt hatten: Wenn einer von uns „Schatz" sagte, dann hatte das stets einen ironischen Unterton.

In der Bar erzählte ich Steffen von Maiks Drängen, mir in den Mund zu spritzen:

„Er schien beinahe zu glauben, ein Recht darauf zu haben – weil du das beim Wandern auch mit Sandra getan hast."

„Ich hätte es nicht getan, wenn ich nicht gesehen hätte, dass sie das wollte."

„Ja, den Eindruck hatte ich auch. Sie war da von Anfang an sehr offen. Hast du das in der Nacht noch einmal mit ihr getan?"

Steffen schüttelte den Kopf und ich erfuhr, dass das bei den beiden auch überhaupt nicht angestanden hatte. Sie hatten zwar gegenseitig Oralsex gehabt, aber nicht sonderlich ausgiebig. Stattdessen hatten sie die Nacht vor allem mit Vögeln verbracht – und Steffen war mehrfach in ihr gekommen. Nach seinen Worten hatte Sandra gar nicht genug davon bekommen können. Und Steffen hatte irgendwann ernsthaft Sorge gehabt, nicht mehr durchhalten zu können.

„Da hatte wohl jemand Nachholbedarf in Sachen Fremdfick", sagte ich.

Steffen nickte. Ich sah ihm an, dass er mit der Nacht mehr als zufrieden war. Wie oft sie es getan hatten, fragte ich meinen Liebsten jedoch nicht. Mir war schon klar, dass sie nicht nur einmal zusammen geschlafen hatten – und das nicht nur, weil Sandra zu lautstarken Orgasmen neigte. Auch als ich vor dem Verlassen der Wohnung die benutzten Kondome aus dem Schlafzimmer in den Küchenmülleimer geworfen hatte, waren die Überreste der nächtlichen Wohnzimmeraktivitäten nicht zu übersehen. Ich hatte zwar nicht so genau hingeschaut, aber auf jeden Fall lagen dort bereits mehrere gebrauchte Gummis im Müll. Steffen hatte manchmal doch eine erstaunliche Standfestigkeit, dachte ich und sah meinen Liebsten mit bewusst funkelnden Augen an.

„Ob wir sie wohl irgendwann einmal wiedersehen werden?", fragte ich halb ihn und halb mich, während ich in meinem dritten Kaffee rührte, der mich allerdings auch nicht viel wacher machte.

„Wer weiß. In diesem Urlaub wohl kaum. Aber das ist ja vermutlich nicht unser letzter Mallorca-Trip."

„Nein, sicher nicht", stimmte ich ihm zu und dachte daran, dass am Mittag des nächsten Tages unser Rückflug anstand. Natürlich hatten wir im Laufe unseres Swingerlebens immer wieder erotische Begegnungen gehabt, die keine Fortsetzung fanden. Das lag sicher in der Natur der Sache. Leid tat es mir aber manchmal dennoch. Und in diesem Fall würde mich sehr interessieren, was der Partnertausch mit Sandra und Maik tun würde. Vielleicht würden wir es ja irgendwann einmal erfahren. An unserem letzten Tag auf der Insel hatten wir zwar noch SMS-Kontakt mit den beiden, aber viel mehr als „es war wunderschön" und „kommt gut nach Haus" simsten wir nicht mehr miteinander.

Unerwarteter Abschied:
Die Nase einer Frau

Der Abreisetag wurde hektisch. Das war bei uns immer der Fall – ganz gleich, wann der Flieger ging. Irgendwie hatten wir (vor allem wohl ich) ein Talent dafür, die Zeit am Ende knapp werden zu lassen. So war ich ziemlich erleichtert, als ich unsere Koffer nach dem Check-in auf dem Förderband davonrumpeln sah. Als wir uns gerade auf den Weg zur Sicherheitskontrolle machen wollten, sah ich den roten Lockenkopf. Sandra kam winkend auf uns zu und umarmte uns.

„So ganz sang- und klanglos wollte ich euch dann doch nicht ziehen lassen", sagte sie und strahlte uns an – und wir beide strahlten zurück. Ich freute mich, sie zu sehen.

„Ist Maik auch hier?", wollte ich wissen und schaute mich suchend um.

„Nein, er muss arbeiten, ich konnte eine kleine Pause einlegen. Nicht allzu lang, aber lang genug für einen Abstecher zum Flughafen."

„Gehts euch gut?", fragte ich sie, obgleich ich in ihrem Blick sah, dass das eindeutig der Fall war – zumindest was sie betraf.

„Oh ja," entgegnete Sandra. „Die Begegnung mit euch hat uns gutgetan. Vor allem mir, muss ich gestehen. Aber ich glaube, dass auch Maik das mit etwas Abstand so wahrnehmen wird. Nur unsere spanische Putzfrau war über den Spiegel im Bad etwas irritiert. Außerdem wollte sie wissen, was da geschrieben stand."

„An die hatte ich gar nicht mehr gedacht. Habt ihr den Spiegel denn überhaupt zu sehen bekommen?"

„Ja, haben wir. Unsere Putzfrau hat ihn fotografiert, mir das Bild geschickt und gefragt, ob sie das wegmachen oder stehenlassen soll. Natürlich hab ich ihr gesagt, dass sie es nicht anrühren soll."

Wir mussten lachen – vor allem, als Sandra hinzufügte, dass sie die Übersetzung der Worte „ihr wart heiß!" verweigert hatte.

„Kein komischer Nachklang nach dem Partnertausch?", wollte Steffen wissen.

„Ich sag mal so: Wir hatten vergangene Nacht unglaublich heißen Sex. Und gedanklich wart ihr beide mit in unserem Ehebett. Maik wollte ganz genau wissen, was ich mit Steffen im Wohnzimmer getrieben hatte."

Nach einer Sekunde Pause fügte sie mit verklärtem Lächeln und gesenkter Stimme hinzu: „Und je mehr ich ihm erzählt habe, umso heißer wurde er."

Dann ist es gut, dachte ich.

„Kommt gut nach Haus", sagte Sandra, nun mit einem leichten Anklang von Wehmut in der Stimme. „Und wenn ihr mal wieder auf der Insel seid, meldet euch bitte."

„Machen wir bestimmt", sagte Steffen, umarmte Sandra und gab ihr einen innigen Kuss. Dabei ließ er seine Hände über ihren Rücken tiefer rutschen und knetete ihre Pobacken – kräftig und ausgiebig. Für einen Augenblick hatte ich den Eindruck, seine Hände würden unter ihren Minirock wandern, aber Steffen beherrschte sich hier in der Öffentlichkeit dann doch – auch wenn ich den Eindruck hatte, dass ihm das nicht ganz leicht fiel. Sandra genoss es augenscheinlich. Jedenfalls strahlte sie ihn noch mehr an, als sie sich wieder voneinander lösten. Ich tat es Steffen gleich, umarmte Sandra und küsste sie ebenso hingebungsvoll. Nur das Tätscheln ihres Hinterteils fiel wohl etwas sanfter aus.

„Ihr wart wirklich toll", flüsterte sie mir ins Ohr und ich spürte, wie sie ihren Körper an mich drückte.

Plötzlich jedoch stutzte Sandra und schaute mich mit großen und erstaunten Augen an. Ihr Blick war lang und durchdringend, während sie mich noch immer umarmt hielt. Dann kam ihr Gesicht noch einmal näher, aber nicht, um mich erneut zu küssen. Stattdessen vergrub sie ihre Nase zwischen meiner Schulter und dem Hals. Das war der Augenblick in dem mir einfiel, dass ich heute denselben Duft aufgelegt hatte, wie bei dem Dreier mit Maik in unserer Ferienwohnung. Und dieser Duft war nicht nur intensiv, sondern auch recht selten. Oh oh, raunte die Mahnerin in mir.

„Das gibt es doch nicht", sagte Sandra verblüfft. „Das gibt es einfach nicht!"

Doch während sie sprach, verwandelte sich ihr konsternierter Blick immer mehr in Grinsen und schließlich in helles Lachen.

„Das gibt es einfach nicht!", sagte sie erneut und hörte überhaupt nicht auf zu lachen, während sie sich abwandte und kopfschüttelnd dem Ausgang entgegenging. Dabei drehte sie sich nicht noch einmal um, was ich bedauerte. Ihr Lachen war noch immer zu ahnen, als ihr Lockenkopf bereits zwischen den anderen Menschen verschwunden war.

„Was war das denn?", fragte Steffen völlig verwirrt, als sie fort war.

„Das", sagte ich nachdenklich, „waren die Nebenwirkungen von Jil Sander."

Was Steffens Verwirrung allerdings kaum verminderte.

„Komm", sagte ich, während ich meinen Rucksack aufnahm und mich bei meinem Liebsten einhängte. „Ich erkläre es dir im Flugzeug."

Über den Wolken war mir einigermaßen beklommen zumute – und das diesmal nicht allein wegen meiner Flugangst. Irgendwie hatte ich das Gefühl, eine Freundin hintergangen zu haben.

„Das hast du natürlich nicht", sagte Steffen. „Du kanntest Sandra doch noch gar nicht, als Maik bei uns war."

Das stimmte zweifelsohne. Trotzdem konnte ich dieses Gefühl nicht so recht abstreifen. Ich ärgerte mich über mich selbst, dass ich heute dieses verräterische Parfum benutzt hatte. Seit unserem Toilettengespräch im Club wusste ich ja schließlich, dass Sandra den Duft an ihrem Mann wahrgenommen hatte. Ihr Lachen am Flughafen würde mir vermutlich sehr lange in den Ohren klingen. Hatte sie über mich gelacht? Über uns? Über ihren Mann? Über sich selbst? Oder über diese ganze Geschichte, die ihr plötzlich mit einem Atemzug bewusst geworden war? Und vor allem: Was würde das mit den beiden jetzt tun? Würde ihre neu gewonnene Leichtigkeit nun gleich wieder belastet, weil Sandra wusste, was passiert war?

Ein paar Tage nach unserer Rückkehr schauten wir uns im Internet noch einmal gemeinsam das Profil der beiden an. Sie hatten ein paar neue Bilder hochgeladen – Bilder, deren Entstehungsgeschichte wir recht gut kannten. Es waren sehr schöne und sehr erotische Fotos, vor allem von Sandra. Auf einem waren auch meine Beine neben Sandras Beinen zu sehen, auf einem anderen Steffens Hand auf ihrem Busen. Immerhin, dachte ich – sie versuchten nicht, uns aus dem

Gedächtnis zu streichen. Im Gegenteil. Vor allem aber erregte meine Aufmerksamkeit ein Satz in ihrer Profilbeschreibung, der nun verschwunden war: „Die Bi-Neigung unserer Sie steht im Mittelpunkt", hatten wir dort vor Kurzem noch gelesen. Diesen Satz hatten sie ersatzlos gestrichen. Auch in der Rubrik „Wir suchen" hatten sie eine Kleinigkeit verändert. Suchten die beiden bisher ausschließlich nach einer Frau, so stand dort nun: Mann, Frau, Paar.

Sieh mal einer an, dachte ich. Sogar ein einzelner Mann wäre jetzt willkommen. Offenbar wollte Sandra nicht nur Gleichberechtigung beim Spüren fremder Haut, sondern auch eine Entschädigung für Maiks Seitensprünge – und das in Form eines Dreiers mit zwei Männern. Bei dem Gedanken zog noch einmal Maiks Besuch in unserer Ferienwohnung an meinem geistigen Auge vorbei, und ich konnte die vier Hände und die zwei Schwänze an mir und in mir beinahe noch einmal spüren. Ich konnte Sandra verstehen, dass sie das auch wollte. Oh ja, zwei Männer exklusiv für sich zu haben – das war schon etwas Besonderes.

Ob Maik seiner Frau dieses Abenteuer mit uns vielleicht doch noch gebeichtet hatte – und so Sandras Wunsch nach einer Mann-Frau-Mann-Konstellation entstanden war? Nachdem sie am Flughafen meinen verräterischen Duft wahrgenommen hatte, musste sie ja nur noch eins und eins zusammenzählen – und Maik hatte wohl kaum noch Möglichkeiten, sich da herauszureden.

Vielleicht war es am Ende ganz gut so, dass Sandra dann doch Bescheid wusste – obwohl ich es natürlich nicht als meine Aufgabe betrachtet hätte, eine Frau darüber aufzuklären, was ihr Mann so alles trieb, wenn sie nicht dabei war. Steffen und ich hätten Maiks Geheimnis auf jeden Fall bewahrt – was ja beinahe auch gelungen wäre. Wäre da nicht Sandras guter Geruchssinn gewesen.

Man sollte eben niemals die Nase einer Frau unterschätzen.

Von Kirsten Steiner sind bisher folgende Titel erschienen (Stand Juni 2016):

- Schneetreiben für vier
- Svenjas Erwachen
- Im Alleingang
- Spielzeit
- Die Frau, die in einen Swingerclub hineinging und aus einem Jungbrunnen herauskam
- Räumchen wechsel dich
- Mallorquinischer Seitensprung
- Monogamie für Fortgeschrittene

Kontakt zur Autorin:

kirsten.steiner84@web.de